NARRATORI DELLA FENICE

Prima edizione febbraio 2015
Seconda edizione marzo 2015
Terza edizione maggio 2015
Quarta edizione giugno 2015
Quinta edizione luglio 2015

Disegno e grafica di copertina di Guido Scarabottolo

Per essere informato sulle novità
del Gruppo editoriale Mauri Spagnol visita:
www.illibraio.it

ISBN 978-88-235-1082-1

© 2015 Ugo Guanda Editore S.r.l., Via Gherardini 10, Milano
Published by arrangement with Marco Vigevani Agenzia Letteraria
Gruppo editoriale Mauri Spagnol
www.guanda.it

MARCO SANTAGATA
COME DONNA INNAMORATA

UGO GUANDA EDITORE

E quando mi domandavano: «Per cui t'à così distrutto questo Amore?», e io sorridendo li guardava, e nulla dicea loro.

Vita Nova 2, 5

COME DONNA INNAMORATA

Dramatis Personae

ALIGHIERO: Padre di Dante, piccolo commerciante e cambiavalute, nato intorno al 1220 e morto, probabilmente, poco dopo il 1275

ARRIGO (ENRICO) VII DI LUSSEMBURGO: Imperatore, sceso in Italia nel 1310 e morto all'improvviso nell'agosto del 1313 quando stava per vincere la guerra contro il re di Napoli e il papa

BICE (BEATRICE) PORTINARI: Figlia di Folco, nata nel 1266 e morta l'8 giugno 1290, sposata con Simone dei Bardi. Dante racconta la storia del suo amore per lei nella *Vita Nova* e ne fa uno dei personaggi principali della *Commedia*

BRUNETTO LATINI: Nato fra il 1220 e il 1230, morto alla fine del 1293, notaio e punto di riferimento della vita politica e amministrativa di Firenze, fu probabilmente il maestro del giovane Dante

CINO DA PISTOIA: Poeta e giurista, schierato con il partito dei guelfi «neri» e nonostante ciò grande amico di Dante; morì alla fine del 1336 o ai primi dell'anno successivo

Corso Donati: Lontano parente di Gemma, capo della fazione guelfa, detta dei Neri, che nel 1302 esiliò Dante da Firenze; morto trucidato il 6 ottobre 1308

Dante Alighieri: Nato nel 1265 da Alighiero e Bella degli Abati, fu esiliato da Firenze nel 1302 in quanto aderente al partito dei guelfi «bianchi»; dopo aver peregrinato in molte città e castelli della Toscana, della Romagna e del Veneto, morì a Ravenna nel settembre del 1321

Durante degli Abati: Giudice, probabile nonno materno di Dante

Folco Portinari: Mercante e banchiere, morto all'inizio del 1290, padre di Bice e Manetto

Franceschino Alighieri: Fratellastro di Dante nato, prima del 1279, dal secondo matrimonio di Alighiero con Lapa Cialuffi e morto negli anni Quaranta del Trecento

Franceschino Malaspina: Marchese e condottiero, cugino di Moroello

Gemma Donati: Figlia del cavaliere Manetto e lontana parente di Corso, moglie di Dante, morì a Firenze nel 1341

Geri del Bello: Cugino di Alighiero, assassinato nel 1287 da Brodario Sacchetti

GIOVANNI: Presunto primogenito di Dante, ancora vivente nel 1308 e forse defunto prima del 1311

GUIDO CAVALCANTI: Membro di una delle più ricche famiglie di Firenze, filosofo e poeta, da Dante definito il primo dei suoi amici. Nel 1300, durante il priorato di Dante, fu confinato a Sarzana dove si ammalò; richiamato a Firenze morì poco tempo dopo il ritorno

LAPA CIALUFFI: Seconda moglie di Alighiero, ancora in vita nel 1312

LAPO GIANNI: Notaio e rimatore in volgare, annoverato nel gruppo degli Stilnovisti; amico di Dante e di Guido Cavalcanti

LAPO RICCOMANNI: Mercante, marito di Tana Alighieri, morto a Firenze nel 1315

MANETTO PORTINARI: Figlio di Folco e fratello di Bice, da Dante definito il secondo dei suoi amici

MOROELLO MALASPINA: Marchese, condottiero al servizio dei fiorentini nella guerra contro Pistoia, insieme al cugino Franceschino ospitò più volte Dante nei suoi feudi in Lunigiana. Morì nel 1315

SIMONE DEI BARDI: Esponente di una ricca famiglia di banchieri schierati con i guelfi «neri», sposò Bice Portinari forse intorno al 1280

Tana (Gaetana) Alighieri: Figlia di Alighiero e della prima moglie Bella degli Abati, nata intorno al 1260, sposò Lapo Riccomanni; non si hanno notizie di lei dopo il 1320

Vieri dei Cerchi: Banchiere, capo del partito dei guelfi «bianchi»; esiliato da Firenze nel 1302, morì ad Arezzo intorno al 1313

Parte prima

Bice

1

Firenze, 8 giugno 1294

Sapeva che prima o poi ci sarebbe arrivato. Era il cuore del libro. Di più, era proprio per raccontare quella visione che aveva deciso di scrivere un libro. E adesso che c'era arrivato, esitava.

I sarcasmi di Guido li aveva messi nel conto. Lo avrebbero ferito, ma danneggiato no, anzi. Le punzecchiature che l'amico non gli avrebbe risparmiato neppure in pubblico non sarebbero state la riprova che lui, Dante, era Dante e che nessuno, foss'anche Guido Cavalcanti, poteva fargli cambiare idea? Lo lusingava la fama di uomo che, cascasse il cielo, mai si sarebbe morso la lingua, mai avrebbe abbassato lo sguardo, meno che mai piegato la schiena. E però quella fama faceva presto a trasformarsi in nomea. L'opinione che di lui si erano fatti i banchieri, i cavalieri, i possidenti di Firenze gli dava pensiero. Certi commenti gli erano arrivati alle orecchie. Superbo, arrogante. Nel loro mondo, lui era un intruso. Le dame lo elogiavano: «Ma che belle poesie! Nobili, nobili e gentili», e gli sembrava che calcassero sul *nobili*, con intenzione. Non ci voleva una grande fantasia per immaginare cosa si sarebbero dette non appena si fosse congedato con un inchino: «Ingegnoso, questo Alighieri». «E stravagante.» «Stravagante? Non avete visto gli occhi da matto?» «È proprio vero, il sangue non mente. Il suo, poveretto, è quello che è.»

E adesso il figlio dell'usuraio avrebbe dovuto mettere nero su bianco che sì, era pazzo? Confermare a tutta Firenze che il sangue marcio esala vapori che ubriacano? Le porte che gli si erano aperte con tanta fatica si sarebbero chiuse di colpo. O peggio ancora, sarebbero rimaste aperte per fare entrare il giullare, il folle di San Martino, il poeta dalle visioni...

Esitava. Ma doveva pur raccontarla, e così da giorni rimuginava sul come.

Quella mattina si era svegliato di buon umore. Tanta serenità di spirito in un giorno che avrebbe dovuto essere consacrato alla tristezza lo aveva stupito. Forse, si diceva, era perché non aveva sognato. Una notte senza sogni gli capitava di rado. Anche durante il giorno, se per caso gli si chiudevano gli occhi, subito la testa si riempiva di immagini. Quando un rumore o un contatto lo risvegliavano, faticava non poco a orientarsi. Per un po' restava meditabondo, sforzandosi di capire se intorno a lui si muovessero persone in carne e ossa o fantasmi. La diceria che lui non amasse il suo prossimo nasceva anche da quelle assenze.

Il sole era spuntato da poco e già faceva molto caldo. Si preannunciava un giorno torrido, proprio come quello di quattro anni prima.

Da una nicchia nel muro, a lato della porta, aveva tirato fuori un bauletto di legno e poi si era seduto a una estremità del tavolo, in cucina. Non aveva uno studio, lui. In casa c'era solo una tavola, quella.

Era nello stato d'animo giusto per scrivere. Il dilemma in cui si era incagliato adesso non gli sembrava poi così difficile da sciogliere. Gli era balenata un'idea. Che ciò fosse capitato proprio un 8 giugno gli sembrò un segno. Da quell'8 giugno lui era molto attento ai segni...

All'altra estremità della tavola era seduta Lapa, la seconda moglie di suo padre. Sfogliava un grosso cavolo. Portava bene i suoi anni.

Entrando l'aveva salutata con un buongiorno più cordiale del solito. Non che con lei fosse scortese, ma non gli era mai riuscito di considerarla come una madre, e tanto meno di chiamarla mamma.

«Buongiorno anche a te» gli aveva risposto, senza smettere di sfogliare il cavolo, e poi aveva aggiunto, come se lui l'avesse interrogata: «Franceschino è già andato. Gran lavoratore quel ragazzo».

Franceschino era figlio suo. Si dava da fare, aveva preso dal padre, mica si perdeva nei sogni.

Queste cose Lapa le diceva con gli occhi e con le smorfie della faccia.

Nel frattempo Gemma aveva acceso il fornello. La cucina si stava riempiendo di fumo.

«Non tira» sbuffava Gemma sventolando il grembiule davanti alla grata.

«Cielo basso, cielo peloso...»

Lapa parlava con la sicurezza di chi ha esperienza delle cose.

La faccenda a lui non interessava. L'idea stava prendendo forma.

Dal bauletto aveva estratto un foglio, pulito su entrambi i versi. Non era il caso di fare economie. Penna e calamaio. Si sentiva pronto.

Gemma brontolava tra sé. Quegli aggeggi sul tavolo la infastidivano. Lapa taceva, non si abbassava, lei. Non era difficile indovinare i loro pensieri. Gli scappava proprio adesso? Ma se aveva davanti una giornata intera per i suoi ghiribizzi...

A guardarla, bassotta, paffuta, i capelli scarmigliati e una pelle scura da contadina, chi l'avrebbe detto che Gemma era una Donati. Figlia e nipote di cavalieri! Forse Guido aveva ragione: è la cultura a fare il nobile, non il sangue. A meno che non fosse stato il suo a guastare quello della moglie. Quanto a Guido, se tutti lo trattavano come un principe non era per l'ingegno. Avesse avuto lui un decimo delle sue rendite, si sarebbero inchinati anche gli sbirri del Bargello.

I rimbrotti di Gemma non li sentiva nemmeno. L'idea lievitava. Dire senza dire. Dire che non lo raccontava, e con ciò raccontarlo. Era felice. Quando il cervello gira, lui è felice. Felice nel giorno del pianto? Non poteva essere che un segno...

2

Firenze, 8 giugno 1290

Nel tardo pomeriggio era seduto a quello stesso tavolo. Anche quel giorno era felice. Scriveva una poesia. Per Beatrice.

No, felice no. Si era fatto un punto d'onore di dire sempre la verità a chiunque, e quindi non poteva mentire a sé stesso. Non provava l'ebbrezza che lo invadeva quando era Amore a dettare i suoi versi e questi scivolavano giù dalla penna. Quel pomeriggio scriveva per non pensare alla notizia che presto sarebbe arrivata.

Il caldo era torrido. Sudava. Le rime andavano cercate a una a una. In tali circostanze una canzone d'amore come avrebbe potuto snodarsi leggera? Ma lui si incaponiva, non allentava la concentrazione. Il mondo era lì, in quelle righe che si allineavano sul foglio con stentata lentezza. I contorni della carta delimitavano l'unico universo di cui si volesse occupare.

Gemma non pativa il caldo. Aveva già acceso la carbonella per la cena.

Qualcuno o qualcosa lo toccò sulle spalle. Gli sembrava di udire una voce che lo chiamava. Si riscosse, si voltò e riconobbe il suo amico Lapo Gianni. Aveva lo sguardo di chi si china su un ammalato grave.

«Bice» sussurrò Lapo, e non aggiunse altro.

Se lo aspettava, tuttavia ebbe un capogiro. Appoggiò i gomiti sul piano del tavolo e tenne la testa fra le mani. Immobile, sentiva su di sé lo sguardo di Gemma. Lo stava fissando dall'angolo del focolare. Non sollevò gli occhi: non voleva vedere il sorrisetto che di sicuro le increspava le labbra.

Le tempie cominciarono a pulsare. Un prurito alle mani stava per trasformarsi in tremito. Il suo male?

Si alzò di scatto, con rabbia afferrò il foglio sul tavolo, lo appallottolò e lo lanciò nel camino. Gemma, che adesso gli girava le spalle, senza voltarsi si diresse decisa al camino, raccolse la palla aggrinzita, con una mano la stirò alla bell'e meglio sul tavolo e la fermò mettendoci sopra il calamaio.

Sempre parsimoniosa, la sua Gemma!

Lapo taceva. Imbarazzato? Lo guardò dritto in faccia. Poetastro!, pensò: un poeta vero avrebbe capito.

Lapo farfugliò che Bice era grave.

«Allora andiamo» disse lui con un filo di voce.

Camminavano di buon passo, in silenzio. Il sole stava calando, ma l'afa era opprimente. Nemmeno un refolo d'aria si insinuava nei vicoli fra le torri. Davanti a quella imponente dei Cerchi, Lapo indicò con il dito l'antico stemma in pietra dei Guidi, ancora incassato sopra la porta, e con voce impostata cominciò a declamare:

«Venga Nasone, stupisca di sì mirabile metamorfosi! Dio Fiorino trasforma i villani in conti.»

Era uno dei soliti commenti sarcastici che tra loro amici si scambiavano ogni volta che passavano davanti alle case dei banchieri più ricchi di Firenze, plebei di campagna che avevano comprato il palazzo dei più nobili conti palatini di Toscana.

Lapo voleva distoglierlo dai suoi cupi pensieri.

Lui non disse parola. Respirava con fatica. Colpa del cielo basso, colpa della paura... In casa aveva captato i primi segnali del suo male. Aspettava che attaccasse. Era sicuro che l'avrebbe fatto. Perché mai avrebbe dovuto risparmiarlo? Concentrato, ascoltava il suo corpo.

Poche decine di metri più avanti, nei pressi del Gardingo, alla loro destra si apriva uno spiazzo coperto di rovi e di macerie. Erano i resti delle case diroccate degli Uberti. Anche contro di loro aveva combattuto a Campaldino.

A quella vista fu preso da un improvviso smarrimento. Bice gli stava rubando il futuro...

Per tutti, a Firenze, lui era il poeta di Beatrice. E Beatrice giaceva sul letto di morte insieme a Bice...

Quella donna lo avrebbe reso famoso. Già adesso era tutto un fiorire di congratulazioni. Tranne Guido, ovviamente. Guido storceva il naso. Perché mai non capiva che quella nuova poesia era anche figlia sua?

Quando, orgoglioso, gli aveva letto un sonetto che

lui considerava il suo capolavoro Guido era rimasto per un po' soprapensiero e poi aveva commentato:

«Bravo, Dantino, bello è bello, ma che strana idea hai tu dell'amore...»

«Un'idea nobile» aveva risposto piccato, «nobile per cuori nobili.»

Guido aveva sorriso, come faceva lui, storcendo la bocca:

«Caro Dantino, una brava puttana avrebbe tante cose da insegnarti...»

E poi, come al solito, si era voltato e lo aveva lasciato lì senza nemmeno un gesto di saluto. Mentre si allontanava, scuoteva la testa, quasi parlasse tra sé.

Più volte si era chiesto se Guido non fosse geloso. Non di Bice, delle poesie per lei. Era per gelosia che si intestardiva a non voler capire?

3

A Guido Cavalcanti voleva molto bene. Era sicuro che Guido gliene volesse altrettanto. È vero, da quando era tornato da Bologna le loro idee sulla poesia avevano cominciato a divergere, diciamo pure che erano diventate opposte. Capitava perfino che le discussioni degenerassero in liti: alzavano la voce, volavano parole grosse. Ma poi un abbraccio rimetteva le cose a posto. Il giorno dopo, ricordando quante se n'erano dette, ci ridevano sopra.

Il loro primo incontro risaliva al 1283: lui aveva diciotto anni, Guido quasi dieci di più. Già da tempo si esercitava a comporre sonetti e ballatine, ma solo quell'anno aveva preso il coraggio di uscire allo scoperto. Aveva scritto una specie di indovinello in forma di sonetto nel quale raccontava un suo sogno misterioso, ne aveva fatte molte copie e le aveva inviate, anonime, ai più noti rimatori della città chiedendo loro di interpretare il significato del sogno. Avevano risposto in molti, e fra questi, con suo grande stupore, perfino Guido Cavalcanti. Guido era il principe dei poeti in volgare. Eccitato, non aveva resistito all'impulso di rivelargli che era lui l'autore del sonetto. E così si era presentato a casa Cavalcanti chiedendo di essere ricevuto.

L'atrio era un salone di grandi dimensioni sul quale si aprivano numerose porte; di fronte a quella d'ingresso una scala in pietra saliva al piano superiore. Alle pareti erano collocate quattro cassapanche dipinte. Non aveva mai visto tanta opulenza.

Il servo che stazionava nell'androne, udita la sua richiesta, era sparito dietro a una porta chiusa, e poi era ritornato dicendo che il padrone lo avrebbe ricevuto subito.

Era entrato intimidito in una stanza arredata con due armadi pieni di libri. Cavalcanti sedeva dietro un tavolo ricoperto di carte. Gli aveva fatto cenno di sedere davanti a lui. Benché si fosse presentato a casa sua senza preavviso, Guido indossava abiti di tessuto finissimo e di grande eleganza. Ed eleganti, forse un po' troppo studiati, erano anche i movimenti delle mani con i quali, quando aveva cominciato a parlare, accompagnava le parole. Parole scelte, ricercate, pronunciate con tono sommesso. Ogni tanto un sorriso addolciva la sua espressione severa. Aveva occhi neri, inquisitori. Una piccola ruga gli solcava la fronte.

Guido aveva cominciato elogiando il sonetto, certo non particolarmente originale, ma di mano sicura. Poi, senza reagire ai suoi impacciati ringraziamenti, si era lanciato in una lunga e appassionata perorazione della poesia lirica in volgare.

Lui si beveva ogni parola. Quel discorso avrebbe cambiato per sempre le sue idee sulla poesia.

*

Quattro anni dopo, a Bologna, aveva diffuso il verbo dell'amico: la poesia volgare è una cosa seria; filosofia, per scrivere d'amore ci vuole tanta filosofia... Gli piaceva immaginarsi il Giovanni Battista che annuncia il Messia. Ma proprio in quella città aveva maturato la convinzione che il piacere di scrivere poesie consistesse unicamente nello scriverle. Nessuna donna avrebbe potuto dare una gioia paragonabile a quella di creare un oggetto di sublime armonia. Basta dunque con le richieste, le recriminazioni, i lamenti, tutto quel falso piangere e pregare che infestava le rime di poeti dilettanti. Il premio di un poeta vero era riuscire a esprimere un barlume dell'indicibile perfezione dell'amata. Non una dama da salotto, un angelo.

Il viaggio di ritorno era durato la metà di quello di andata. Aveva fretta di arrivare a Firenze. Il pensiero di dover rispondere alle innumerevoli domande che gli sarebbero state fatte un po' lo preoccupava. Prima di partire, ai familiari curiosi di sapere cosa mai andasse a fare a Bologna aveva dato solo vaghe spiegazioni. Adesso qualcosa avrebbe dovuto dire, li aveva sconcertati anche troppo. Ma cosa? Che a Bologna aveva composto poesie? Si immaginava quale faccia avrebbe fatto nonno Durante. E però la voglia di parlare con Guido era più forte. Sull'Appennino, mentre scendeva verso Pistoia, si cullava nel sogno che adesso il Messia fosse lui, e Guido il suo Battista.

Non appena riuscì a svincolarsi dagli abbracci e

dai convenevoli di tutti gli Alighieri accorsi a festeggiarlo si diresse veloce al palazzo dei Cavalcanti.

Nella stanza al primo piano dove Guido teneva armadi dei libri lui camminava avanti e indietro gesticolando.

Guido lo osservava seduto su uno scranno al di là dello scrittoio.

Il suo fu un discorso lungo, forse un po' disordinato, ma pieno di passione. Sentiva che si stava ripetendo, tuttavia non smetteva di parlare. Voleva ritardare il più possibile la replica dell'amico. Dal suo volto non traspariva alcuna emozione. L'aveva persuaso? Con rapide occhiate cercava di cogliere un segno, un trasalimento.

«...l'amore, capisci?, è estasi. La poesia loda la bellezza del creato. Ti dico di più, amare un angelo in terra solleva l'anima in Cielo. Credimi, l'amore può salvare.»

Aveva pronunciato le ultime parole con un tono deciso e, nello stesso tempo, accorato. Come un reo che sfidasse il giudice mentre ne invocava la clemenza.

Fermo davanti allo scrittoio, fissava la faccia di Guido.

Questi tacque a lungo, impassibile. Poi, all'improvviso, scoppiò in una sonora risata. Ma subito si fece serio. La ruga gli solcava la fronte.

«L'amore, dico l'amore vero, annebbia il cervello. L'amore vero ti sfibra l'anima. L'amore vero» disse scandendo le sillabe «è sofferenza.»

Si era alzato, aveva allungato un braccio al di sopra del tavolo e gli aveva puntato un dito sul petto:

«Le tue sono solo fantasie».

Erano rimasti in silenzio, poi Guido gli aveva messo una mano su una spalla. Sorrideva in modo mite, protettivo.

«Altro che salvezza... caro Dante, la passione sprofonda all'inferno.»

In quel momento lo detestò. Guido mostrava il suo lato peggiore, il solo che lui non riuscisse a perdonargli. Era un fanatico convinto di possedere la verità. Sicuro di sé come possono esserlo i magnati, soprattutto se vogliono umiliare un figlio di nessuno. Lo detestava, e però lo capiva. Guido era soggetto ad attacchi amorosi travolgenti e ad amarissime delusioni. Lui, invece, d'amore aveva solo fantasticato.

Guido lo aveva accompagnato fin sulla porta. Nel salutarlo gli aveva preso una mano e la teneva stretta nella sua:

«Vai, Dantino, ti auguro di incontrare presto il tuo angelo».

Sembrava commosso.

Chi sarebbe stato l'angelo da celebrare in versi, lui l'aveva già deciso. Non aveva esitato neppure per un momento. Non poteva essere che Bice Portinari, la dama dagli occhi di smeraldo, la signora triste che calamitava l'attenzione dei presenti e li rendeva più gentili, più rispettosi, più affabili.

Folco Portinari era stato profetico quando al fonte le aveva imposto il nome Bice. Quel brav'uomo forse neppure sapeva che Bice era la forma abbreviata di Beatrice.

4

E adesso, cosa avrebbe fatto il poeta di Beatrice? Udiva il rumore dei propri passi, e a ogni passo si chiedeva: «E adesso?»

La domanda martellava, ritmata dal pulsare delle tempie.

Guardava a terra, e così urtò un passante. Sollevati gli occhi, gli parve di cogliere su quella faccia sconosciuta una sfumatura compassionevole. I fiorentini già lo commiseravano? O era una smorfia canzonatoria... E il silenzio di Lapo? Cosa stava provando Lapo Gianni? Rispetto per l'amico addolorato o pietà per il poeta sfiorito ancora in boccio?

«E adesso?»

Bice era un angelo, ma di questo mondo. Non poteva mica cantare la meraviglia d'una donna morta. Quante attese venivano sepolte con lei! Beatrice lo aveva reso famoso. Molti lo giudicavano più bravo dello stesso Cavalcanti... Non possedeva altro, lui, solo la sua bravura.

Il pensiero che avrebbe potuto ritrovarsi nella stessa situazione di prima, di prima che Guido lo avesse tirato fuori dal pantano, gli causò un giramento di testa. Si appoggiò al muro di una casa.

Lapo lo guardava con una espressione preoccupata. Lapo conosceva i suoi malanni. Di sicuro, si stava chiedendo cosa fare se l'avesse visto cadere in preda alle convulsioni.

Questa volta, però, il suo male non c'entrava. Si era ricordato di quando, in taverna, recitava versi satirici e osceni ai compagni di bevute. Fare il buffone in osteria era comunque meglio che declamare poesie d'amore nelle case altolocate. Amore infelice, ovviamente, lamentoso e disperato. Anche quei signori lo applaudivano, senza schiamazzi, ma applaudivano. E lui si inchinava profondamente, come faceva dallo sgabello sul quale, in piedi, si era esibito all'osteria. In quelle case nessuno lo incitava a salire su uno sgabello, e però il suo inchino era ugualmente profondo, a mo' d'istrione. Lo accentuava apposta, per far intendere che lui non dava troppa importanza ai suoi versi, che era un gioco. Mentiva, perché dentro di sé godeva eccome del successo. Non si nascondeva, però, che si trattava di un godimento un po' amaro. Era tutto un coro di «bravo, bravo»; certe dame, con gli occhi lucidi di commozione, gli porgevano perfino la mano da baciare... E tuttavia non riusciva a scacciare l'impressione che tante congratulazioni nascondessero un sottinteso, tipo: «Ma guarda un po', chi se lo sarebbe aspettato da un Alighieri». E così arrossiva di piacere e, insieme, di rabbia. Lui era lì per dilettare le mogli degli uomini d'affari. Proprio l'istrione che fingeva di essere.

Si riscosse, con la testa fece un cenno a Lapo. Sì, tutto bene. Ripresero a camminare con passo deciso. Intanto dentro di sé si diceva, stringendo i pugni: «Dante Alighieri non farà mai più il saltimbanco per qualcuno».

Che da grande avrebbe fatto il poeta, e solo quello, lo aveva deciso fin da bambino, da quando frequentava la scuoletta del maestro Romano.

In una casa vicina alla sua lui e i compagni sedevano su panche di legno addossate alle pareti di uno stanzone lungo e stretto che prendeva luce dalla strada, proprio come le botteghe. Ogni giorno, per ore, ripetevano fino allo sfinimento le parole del maestro: una litania di lettere e numeri. Lettere e numeri che poi incidevano su tavole cosparse di nerofumo. Libri, in quella scuola non ne aveva mai visti. I suoi compagni la odiavano: celebravano come giorni di festa quelli in cui si ammalavano. Lui, invece, l'amava. Apprendeva con straordinaria facilità, non faceva errori e non era mai punito. Dopo scuola si esercitava a scrivere sulla sabbia con un bastoncino o graffiava un muro con un sasso appuntito. Avrebbe dato qualunque cosa pur di stringere un libro tra le mani. Non gli era mai capitato di aprirne uno. Nella casa di suo padre tutt'al più circolava qualche foglio di conti.

Per la verità, lui aveva deciso che da grande voleva

scrivere libri, e per lui, allora, gli scrittori di libri erano poeti e filosofi. Non aveva idea di cosa fossero un poeta o un filosofo. Quando però Romano aveva cominciato a insegnare qualche parola di latino, a leggere qualcosa di Esopo e, soprattutto, a nominare, chiamandoli i più grandi poeti di sempre, Virgilio, Ovidio e Lucano, si era messo in testa che il mestiere di poeta e filosofo consistesse nello scrivere in latino. E perciò aveva giurato a sé stesso che lui avrebbe studiato il latino. Nessuno avrebbe potuto smuoverlo da quel proposito.

Alighiero dava per scontato che il figlio, terminata la scuola elementare, come gli altri suoi coetanei avrebbe frequentato quella dell'abaco, dove si sarebbe impratichito dei cambi, avrebbe imparato a tenere i conti e a scrivere lettere commerciali. Rimase di stucco quando gli disse che lui quelle cose non le avrebbe studiate per nessun motivo al mondo. Aveva solo dieci anni, ma non ebbe paura di sfidare suo padre. Il braccio di ferro durò a lungo.

A volte Alighiero cercava di convincerlo prospettandogli i grandi vantaggi che ne avrebbe ricavato: già dopo pochi anni, diceva, lo avrebbe portato con sé nei suoi viaggi a Prato, a Pistoia e nel Mugello, e standogli vicino avrebbe imparato come si conducono gli affari, come si raggirano i grulli e ci si difende dai furbi. Sveglio com'era, avrebbe appreso in fretta; sarebbe diventato un commerciante coi fiocchi, di più, un banchiere, titolare di una compagnia tutta sua, e un giorno si sarebbe comprato un bel titolo di cavaliere, e così avrebbe girato a cavallo per le vie della città con speroni d'argento e avrebbe rifilato calci in testa ai poveracci perché si scansassero.

Più spesso, però, lo minacciava:

«In questa casa non c'è posto per i mangiapane a ufo, o vai a studiare il mestiere o ti metto garzone a bottega. Lì sì che ti insegneranno il latino».

Lui però non si piegava. Voleva andare alla scuola di grammatica, lui, a studiare il latino.

Tenne testa al padre per mesi. Anche questi era fermo nella sua decisione, e così lui sarebbe potuto finire garzone di bottega se, proprio in quell'anno, improvvisamente, Alighiero non fosse morto. Lo pianse come un figlio deve piangere il padre. Dentro di sé, però, si sentiva sollevato. In seguito aveva sempre scacciato come blasfemo il pensiero che anche in quella circostanza la Provvidenza avesse vegliato su di lui; e tuttavia quel pensiero seguitava a venirgli alla mente.

Anche perché quello che era successo poco dopo sembrava proprio opera della Provvidenza.

A nonno Durante, nominato tutore degli orfani di Alighiero, il suo desiderio di studiare il latino non sembrò un capriccio. Anzi, forse perché era giudice, si compiacque che il nipote nutrisse simili aspirazioni.

«Bene, bene» gli disse sorridendo, «da grande farai l'avvocato. Sarai il primo avvocato della tua famiglia.»

Già, ma dove studiarlo il latino? I suoi concittadini non avrebbero mai buttato i loro soldi in scuole di quel tipo. Di Ovidio e Virgilio non sapevano che farsene; quanto ai notai e agli avvocati, li prendevano da altre città. Li compravano come fossero pezze di lana.

Una mattina il nonno con aria giuliva gli disse:

«Vieni con me, andiamo da Bono».

Bono Giamboni, giudice lui pure, era considerato uno degli uomini più colti di Firenze. Avrà avuto una quarantina d'anni. Era alto, magro, rigido, lo sguardo severo. Lo scrutò da capo a piedi, lo interrogò su cosa avesse imparato da quel buon diavolo di Romano e poi, senza manifestare alcun segno di apprezzamento, gli disse di ritornare il giorno dopo.

Lo frequentò per qualche tempo. Nella sua casa c'erano libri, ma lui non era in grado di leggerli. Già vederli, però, lo riempiva di gioia. Bono era autoritario e anche un po' vanesio. Parlava sempre lui, e parlava di autori dai nomi strani che mai aveva sentito. Quando gli chiedeva di Virgilio, Ovidio e Lucano, alzava le spalle, finché un giorno, con sua grandissima delusione, sbottò quasi stizzito:

«Poeti, poeti... l'etica, figliolo, la conoscenza del bene e del male, ecco ciò che conta».

Si lamentò con il nonno. Era l'uomo più dolce e comprensivo che avesse mai conosciuto. Non pronunciò una sola parola di critica nei confronti dell'amico, ma alcuni giorni dopo gli disse:

«Vieni, andiamo da ser Brunetto».

Rimase senza parole per la sorpresa. Era un ragazzino, ma sapeva chi era Brunetto Latini: sommo notaio, scrittore, uomo di impareggiabile dottrina, era a capo della cancelleria del Comune. Aveva viaggiato il mondo, vissuto in Francia, conosciuto l'esilio e la vittoria. Era il ritratto della saggezza. Non c'era questione importante sulla quale i governanti non lo consultassero. «Se i guelfi fossero tutti come lui» sentiva dire, «Firenze sarebbe un paradiso.»

Intimidito, aveva varcato la soglia della casa di quel grand'uomo. Si era trovato davanti a un ometto calvo, secco, un largo sorriso stampato su una faccia bislunga ornata di un gran naso; sembrava incapace di stare fermo, e anche il suo eloquio era torrentizio. Lo infioravano battute, aneddoti, citazioni. Ma non c'era ostentazione nelle sue parole. Nella stanza dove li aveva ricevuti troneggiava un armadio ricolmo di libri, roba che il Giamboni nemmeno immaginava. Li avrebbe letti e riletti tutti negli anni a seguire.

Aveva frequentato Brunetto per quasi vent'anni: Brunetto lo trattava come un figlio, lui l'amava come un padre. Il giorno della sua morte aveva versato per lui tutte le lacrime che non aveva sparso per suo padre. Ciò che era, lo doveva a Brunetto... e a Guido.

5

Il fiume era vicino. Il tanfo delle concerie era sempre più acre. Benché fosse pomeriggio inoltrato gli opifici erano ancora in attività. Si sarebbero fermati con il buio, ma a giugno le giornate erano lunghe. Una folla di operai, garzoni, sensali si accalcava per i vicoli. Camminavano in tutte le direzioni, ma ogni poco erano costretti a fermarsi perché carri, muli e cavalli ostruivano il passaggio. Dal vociare confuso si levavano imprecazioni contro i conducenti e bestemmie alla volta degli animali da tiro. Avevano tutti fretta. Davanti alla chiesa di San Pier Scheraggio si era formato un ingorgo. Un ponteggio di legno, montato sulla facciata, occupava una buona metà del vicolo. Ragazzoni a torso nudo salivano e scendevano, e non si capiva il perché. La festa del santo era ancora lontana. Non si vedevano muratori, ma neppure addobbi e portalumini. Sulla soglia del portone spalancato alcuni preti osservavano tranquilli la massa di uomini che si spintonavano per aprirsi un passaggio.

Anche lui e Lapo spingevano. Si ritrovò con la faccia premuta contro schiene sudate, si strofinò su repellenti grembiuli di cuoio. Alle sue spalle, petti sconosciuti gli si appoggiavano addosso, lo spingevano in avanti come se fosse una balla di panni. La plebaglia gli faceva orrore. Bruti a cui Dio aveva dimenticato di infondere l'anima. Vogliosi solo di riempirsi la pancia, senza rispetto per le persone dabbene.

A lui, pensò con rabbia, era mancato il tempo... il tempo di diventare famoso. Bice glielo aveva rubato. Non tanto tempo, solo qualche anno ancora e Firenze lo avrebbe celebrato come il suo poeta. Non ci sarebbe stato facchino che per la strada non lo avrebbe riconosciuto. E allora quella teppa si sarebbe aperta al suo passaggio, qualcuno avrebbe fatto un inchino, tutti lo avrebbero squadrato con curiosità. Una voce sconosciuta avrebbe gridato: «Largo alla gloria cittadina!»

Bice quel tempo non glielo aveva concesso...

In mezzo alla marmaglia si sentiva solo. E la sua rabbia montava.

Nessuno di quei bestioni sapeva che la più nobile donna di Firenze giaceva sul letto di morte. Forse era un bene, perché, l'avessero saputo, c'era da giurarci che quegli animali avrebbero fatto festa alla notizia che una padrona stava crepando. E però... però un'anima dovevano pur averla. Andava risvegliata. Ci sarebbe voluta una voce potente, che gridasse nel deserto. Una voce che smuovesse le pietre. Lui l'aveva, lui sarebbe stato capace di farli piangere. Ne era sicuro. Datemi un pulpito, un arengo, un sedile, e questi io ve li metto ginocchioni a invocare pace eterna all'anima benedetta.

Il tratto di strada che dal Mercato nuovo portava al ponte era più largo. La folla non era diminuita, ma c'era spazio a sufficienza per non dover sottostare alla ributtante intimità dei vicoli. Anche il respiro era più libero. Adesso si sentiva leggero, e procedeva spedito. Era una bella sensazione. La conosceva, la provava ogni volta che dentro di lui germinava un'idea. Doveva farla crescere, irrobustirla. Non era che un germoglio, da proteggere con cura.

Procedeva spedito senza rendersi ben conto di dov'era. Coltivava il suo germoglio...

Era spuntato dalla rabbia. E dalla paura. Una intuizione improvvisa. Doveva ringraziare la plebaglia. Forse la sua Beatrice non sarebbe morta insieme a Bice. Sarebbe sopravvissuta nella sua poesia. Perché mai non si potevano scrivere versi d'amore per una donna defunta? Quale maestro di retorica lo aveva stabilito? Non si scrivevano forse le loro vite dopo che sante e beate erano salite in Cielo? Ecco, aveva intravisto una strada. Si rendeva conto che sarebbe stata impervia. Cosa sostituire alla contemplazione estatica di un angelo in terra? Per il momento sapeva solo che l'avrebbe imboccata. Ma gli bastava per sentirsi rasserenato, quasi felice...

Sul ponte li accarezzò un esile refolo di vento. La brezza saliva dall'acqua maleodorante, faceva evaporare il sudore e procurava una sensazione di freschezza. Senza scambiarsi né un gesto né una parola, ciascuno di propria iniziativa, si appoggiarono alla spalletta.

Chinato, guardava l'acqua rompersi contro i piloni, ma in realtà la sua testa era altrove. Un po' pensava a quanto sarebbe stato difficile inventare un nuovo genere di poesia, un po' si diceva che una tale novità avrebbe assicurato gloria a chiunque... A chiunque ne fosse stato capace. Provava guizzi di piacere a quel pensiero.

Fu Lapo a rompere il silenzio:

«Dicono che la malattia l'ha sfigurata».

Preso dai pensieri, non capì. Rivolse a Lapo uno sguardo interrogativo.

«Bice, ha la faccia devastata» ripeté Lapo.

Fece cenno di sì con la testa. Un groppo in gola improvviso gli impediva di parlare.

Davanti agli occhi gli si parò nitida l'immagine di quel volto.

Bice non era quel che si dice una bellezza. Molte giovani di Firenze la superavano in avvenenza. La fonte del suo fascino erano gli occhi: verdi, scintillanti, conferivano all'incarnato madreperlaceo una straordinaria luminosità. E il sorriso: fresco, spontaneo, appena velato di tristezza. Non era neppure una dama brillante. Nelle feste e nei conviti, dove compariva quasi sempre senza il marito, per la maggior parte del tempo restava in silenzio ma, interrogata, rispondeva con una voce sottile straordinariamente armoniosa. Sulle labbra le fioriva un dolcissimo sorriso e gli occhi posavano sull'interlocutore uno sguardo di una serenità che ammaliava.

Lui, come tutti, ne era soggiogato. Ma quell'incanto poteva essere chiamato amore?

L'aveva conosciuta da bambino. La casa dei Portinari era poco distante dalla loro. Lui era compagno di giochi di Manetto, il primogenito di Folco, e in quella casa ci passava molte ore. Si inseguivano tra le stanze e nel cortile interno giocando a guelfi e ghibellini con spade di legno. A volte capitava che una mocciosa sbucasse di corsa da una porta e pretendesse di giocare con loro. E la mocciosa frignava pure e batteva i piedi se dicevano di no. A dire di no era proprio lui:

«La guerra è roba da maschi, vai a ciucciarti il dito nella culla!»

Manetto protestava ridendo:

«Guarda che ha la tua età!»

Si chiamava Bice, era la sorellina di Manetto.

Poi, per molti anni, non l'aveva più vista. Proprio molti no, ma si sa che in quell'epoca della vita gli anni sono lunghissimi. Non che allora si fosse accorto che la frignona non compariva più a rovinare i loro duelli: della sua esistenza era consapevole soltanto quando l'aveva davanti agli occhi. Sarebbe venuto a sapere tempo dopo che Bice era stata promessa, e che una promessa, quando in casa c'erano maschi estranei, non poteva lasciare le camere delle donne. Glielo aveva detto Tana, lei pure promessa.

Quanto ci aveva ricamato sul giorno del loro incontro! Un po' perché la poesia vive di invenzioni, e di come lei fosse quel giorno non ricordava quasi niente, ma soprattutto perché ricordava perfettamente la brutta figura che aveva evitato per un pelo, e in poesia i lati oscuri e vergognosi della propria vita non vanno raccontati.

Per la festa di Calendimaggio del 1274 i Portinari avevano invitato gli Alighieri a pranzo da loro. Per gli Alighieri era un grande onore: i Portinari erano dei buoni conoscenti, non propriamente degli amici. Troppo grande era il divario tra una famiglia di banchieri, soci nientedimeno che della compagnia di Vieri dei Cerchi, e quella di un piccolo trafficante. La mattina, al risveglio, aveva trovato sul fuoco del camino la pentola grande piena d'acqua; nel centro della cucina la tinozza del bucato e dei bagni. Lo avevano immerso e sgurato ben bene. Non si era lamentato più che tanto, anche lui era eccitato dalla prospettiva della festa. Alighiero e la sua giovane moglie non lo davano a vedere, ma Lapa non faceva che entrare e uscire di casa: cercava consigli dalle vicine sul nastro più appropriato.

Mentre la campana della Badia batteva la sesta, un piccolo corteo composto da suo padre, da Lapa, con in braccio Franceschino di pochi mesi, e da sua sorella Tana, percorreva le poche decine di metri che separavano la loro porta dal portone degli illustri ospiti. Lui, siccome dai Portinari era di casa, si sentiva autorizzato a fare da battistrada. Mentre Lapa e Alighiero camminavano con aria compassata, Tana non si conteneva. Saltava e cinguettava come una bambina, tanto che il padre la rimproverò richiamandola alla compostezza. Andava capita, povera Tana, di occasioni come quella a lei ne capitavano proprio poche. Da quando era stata promessa a Lapo Riccomanni viveva segregata fra le mura di casa.

Nel cortile, dove anche il giorno prima lui e Manetto si erano inseguiti spade in mano, erano imbandite due grandi tavole: sulle tovaglie di lino luccicavano bicchieri di cristallo. A una tavola avevano fatto sedere gli Alighieri, in compagnia di sconosciuti che suo padre trattava amichevolmente. I Portinari avevano preso posto all'altra, attorniati dalle persone più importanti. Lui sedeva irrequieto, smanioso di fare comunella con Manetto, che gli faceva le boccacce dalla tavolata dei suoi, quando dal fondo del cortile una giovinetta cominciò ad avanzare verso di loro. Indossava un vestito rosso, tenuto in vita da una cintura dorata. Non la riconobbe. Del resto, della mocciosa piagnucolante aveva perso perfino il ricordo.

Com'era? Bella, aggraziata, flessuosa?

Per anni, in seguito, aveva cercato di recuperare nella memoria qualche immagine di quello che, a ragione, poteva essere considerato il loro primo incontro. Davanti agli occhi gli tornavano sempre e soltanto le vampate rosse di qualcosa in movimento solcate a intermittenza da un baluginio giallastro. Il fatto è che proprio su quel rosso, senza neppure percepire se fosse un drappo, un cielo al tramonto, una pittura, una allucinazione, aveva tenuto gli occhi fissi durante l'attacco del suo male.

Siccome in famiglia era proibito pronunciarne il nome, fin da bambino si era abituato a chiamarlo il suo male. Non ricordava quando era cominciato, di sicuro già nella prima infanzia. Più grandicello – il giorno di quel primo incontro stava per compiere nove anni – le crisi si erano infittite.
Si presentavano sempre allo stesso modo. Dapprima un tremito leggero alle mani, che presto si propagava a tutto il corpo, sempre più forte, finché convulsioni incontrollabili non lo squassavano da capo a piedi. Pochi momenti ancora, e lui stramazzava a terra privo di sensi, come colpito da un fulmine. Si riprendeva lentamente, non tremava più, ma dentro gli restava una sensazione di paura, una cappa d'angoscia che un po' alla volta si sfaldava in una profonda tristezza. Se l'attacco lo colpiva fuori di casa o se in casa c'erano estranei, i suoi parenti lo sollevavano di peso e lo portavano di corsa in un luogo chiuso, al riparo dagli sguardi degli altri. Di quanto era capitato non parlavano con nessuno, e anche a lui ordinavano di non farne parola. Si vergognavano. Quel figlio era indemoniato! Li aveva uditi sussurrare che bisognava fare attenzione, che poteva essere contagioso. Lo terrorizzava il pensiero che prima o poi lo avrebbero rinchiuso.

Per fortuna c'era la sua Tana. Della mamma aveva solo pochi e sfocati ricordi; Tana era la sua mamma. Lei sola riusciva a strappargli un sorriso quando ancora giaceva a terra prostrato. Si sedeva accanto a lui, gli accarezzava i capelli e gli chiedeva se durante il sonno – così Tana chiamava il suo stato di incoscienza – avesse sognato. Lui rispondeva che sì, che aveva avuto tante e strane visioni...

La giovinetta vestita di rosso si stava dirigendo verso il suo tavolo e lui cominciò a percepire quel tremito. Si sarebbe votato a una santa, a una fata, perfino a una strega per poter scomparire, anche per sempre. Tutto, purché non succedesse ciò che stava per succedere. Qualche istante, e quelle persone di riguardo lo avrebbero visto rotolarsi sulle pietre e sbavare e agitare furioso gambe e braccia. Anche suo padre si era accorto della crisi imminente: lo stava fissando, immobile, con occhi torvi. Sentì la mano di Tana afferrare la sua destra e stringerla forte. Intanto implorava in silenzio: Dio mio, no, non qui! Non girò gli occhi, nemmeno su Tana. Guardava dritto davanti a sé, concentrato su quel rosso che si avvicinava. Si sforzò di respirare profondamente, di tenere un ritmo regolare, svuotò la mente di ogni pensiero. Quando Tana allentò la stretta alla mano, capì che il peggio era passato. L'onore della famiglia era salvo.

*

Dopo di allora non l'aveva più rivista. Per la verità l'aveva intravista, una mattina di sole, percorrere al braccio del padre il vicolo su cui affacciava la casa dei Portinari, seguita da un corteo festante. Si stava trasferendo nella dimora dello sposo, Simone dei Bardi. Nessuno, però, l'aveva invitato – non era bastata l'amicizia di Manetto – e così, contrariato, per non dire offeso, faceva l'indifferente: si era limitato a gettare un'occhiata alla sposa al di sopra delle teste dei curiosi assiepati ai bordi della strada. Tuttavia non aveva più dimenticato quegli occhi verdi apparsigli per un istante grazie a una folata di vento che aveva sollevato il lembo di un velo bianchissimo.

Folco – aveva pensato con un misto di rabbia e di invidia – aveva combinato un matrimonio davvero d'eccezione. I Bardi erano tra i banchieri più ricchi della città. Simone non si occupava né di finanza né di mercanzia né della politica cittadina. Mai eletto a nessuna carica. Di sé era solito dire: «Io faccio l'ambasciatore». Ambasciatore dei Bardi, beninteso. Con le loro relazioni questi non faticavano a procurargli, una dopo l'altra, una bella carica di podestà o di capitano del popolo, a seconda delle occasioni, nelle città della Toscana e dell'Umbria. Due grassi piccioni con la stessa fava: appannaggi per Simone e favori alla banca di famiglia.

Quel Simone, lui lo detestava. Era il perfetto modello dell'arricchito che, per aver comprato un titolo cavalleresco, si sentiva non solo al di sopra delle leggi, ma anche della buona creanza. Ignorante, presuntuoso, altezzoso e anche violento: la sua sola presenza gli faceva ribollire il sangue. Grazie a Dio, a Firenze lo si vedeva di rado. Passava i suoi giorni a far rispettare codici e norme, che sapeva leggere a stento, nelle povere città che gli avevano affidato quel compito.

6

Si mossero. Al di là del ponte svoltarono a sinistra e presero lo stradone che, costeggiando il fiume, arrivava alla Porta di San Niccolò. Come al solito c'era un gran traffico di carri e di pellegrini: da lì cominciava la Cassia per Siena e Roma.

Quello stradone lui lo conosceva bene. Non sarebbe stato capace di contare le volte che l'aveva percorso avanti e indietro, con un'aria falsamente indaffarata, spinto soltanto dalla voglia di poterla vedere anche solo per un attimo. Da quando era sposata, Bice abitava in quella strada.

E proprio in quella strada per la prima volta si era chiesto di che natura fossero i sentimenti che provava per lei.

Era capitato molti anni avanti, undici, per l'esattezza, una mattina di maggio.

Lui camminava a passo svelto diretto alla chiesa di San Niccolò. Era di cattivo umore. Sul sagrato, infatti, lo aspettava un certo Tedaldo, un sensale al quale aveva promesso di cedere, di lì a pochi giorni, non appena diventato maggiorenne, un credito mai riscosso del suo povero padre. E così, senza esborsi, si sarebbe liberato anche di quel debito. Quelle faccende di soldi lo infastidivano. Non fosse stato per le insistenze di Lapa, lui a parlare con quell'intrigante, che ogni volta gli magnificava il fiuto negli affari del compianto Alighiero, non ci sarebbe andato proprio.

All'altezza delle case dei Bardi aveva visto tre donne uscire da un portone e venirgli incontro. Camminavano sulla stessa fila: ai lati due anziane vestite da vedove, al centro una giovane con un abito bianco e le bende maritali. Già allora la sua vista era indebolita, e perciò soltanto quando si furono avvicinate riconobbe Bice Portinari.

Assorta, teneva il capo chino e gli occhi rivolti a terra. Ancora poco e si sarebbero incrociati. Fu preso dall'ansia. Si chiedeva se e come salutare. Temeva di risultare scortese, addirittura sfrontato, ma poi prese coraggio e quando furono alla sua altezza si voltò verso le donne e con un filo di voce disse:

«Buongiorno».

Bice sollevò gli occhi da terra e lo fissò: erano di un verde smagliante.

Anche le due anziane lo guardarono e risposero:

«Buongiorno».

E poi successe ciò che mai si sarebbe aspettato. Il viso composto e un po' triste di Bice si illuminò in un sorriso e la sua voce, soave ma ferma, scandì:

«Buongiorno, Dante».

Tanta audacia lo lasciò interdetto. Aveva detto

«Dante»! La familiarità di quel saluto gli tolse ogni forza. Si arrestò, immobile, la vista annebbiata e la testa che ronzava. Fu un attimo, che a lui sembrò eterno. Poi, senza proferire una sola parola, si ingobbì e accelerò il passo. Soltanto dopo aver percorso una decina di metri trovò la forza di voltarsi: le vide entrare nella chiesa di Santa Lucia.

Tedaldo lo aspettò invano. Si era seduto sul primo sedile che gli era capitato davanti. Lo aveva preso una voglia incontenibile di piangere, di piangere di felicità. Corse a casa, sperando che non ci fosse nessuno. Aveva bisogno di restare solo. Era la prima volta che piangeva per una donna. Erano forse lacrime d'amore?

Lo scambio dei saluti era avvenuto nel 1283, nove anni dopo il Calendimaggio dai Portinari. E da allora non aveva fatto che rimuginare su quel numero nove. Quante volte si era manifestato. Era sicuro che fosse un segno, ma per quanto ci pensasse non riusciva a decifrarne il messaggio.

Di buon passo lui e Lapo erano arrivati davanti al palazzo dei Mozzi.

Nei suoi andirivieni per quella strada, sempre fingendo di avere affari da sbrigare, sostava quasi per obbligo davanti alle mura dei Mozzi. Era la rabbia a obbligarlo. Del palazzo più grande e sontuoso della città, che aveva ospitato papi e re, mai un Alighieri aveva varcato la porta. Ai Mozzi non bastavano le poesie.

Quel pomeriggio, non solo non si fermò, ma neppure si accorse di essere passato davanti al palazzo che tanto detestava. Seguitava a chiedersi quali fossero i suoi sentimenti per quella donna. Che ne fosse attratto, era sicuro, ma era amore quello? Le crisi epilettiche non avranno avuto proprio quel significato?

Con il tempo si erano molto diradate, ma in compenso si erano trasformate in una specie di sigillo che Bice imprimeva su di lui. Che i sintomi si manifestassero in sua presenza, e solo in sua presenza, era un fatto. Che poi degenerassero fino allo svenimento o recedessero dipendeva da come Bice gli compariva davanti: se la sua apparizione era attesa e prevista, lui con la forza della volontà riusciva a controllarsi, se era inaspettata e improvvisa, non c'era volontà che lo salvasse. Con alcune, poche eccezioni.

Un mese prima – Bice era ancora un fiore e niente lasciava sospettare quel che sarebbe accaduto – passeggiava svagato come suo solito: ripeteva mentalmente le bellissime frasi di Cicerone che aveva letto in casa di ser Brunetto. Anzi, ogni tanto si fermava nel mezzo della strada e le declamava ad alta voce. Con la coda dell'occhio sbirciava i passanti che, dopo averlo superato, si giravano indietro e con i gesti delle mani, in modo plateale, facevano intendere che quel tipo non ci stava con la testa, dava proprio di matto. Ma lui non se ne curava. Non si era accorto che Manetto si era piazzato davanti a lui e lo stava chiamando per nome. Si riscosse soltanto nel momento in cui stava per urtarlo. Manetto, di buon umore come sempre, scoppiò in una fragorosa risata:

«Vieni con me, poeta, andiamo a divertirci. Vedrai quante belle donne.»

Era vestito a festa. Insistette perché si unisse a lui: in una casa poco distante una loro conoscente, sposa novella, consumava il suo primo pranzo da maritata in compagnia delle amiche e dei vicini del quartiere. I giovani sarebbero stati i benvenuti.

Furono accompagnati in una sala molto elegante dalle pareti affrescate con scene di caccia e storie di cavalieri. Gli invitati erano tanti. Molti sedevano alla tavola imbandita al centro della sala, altri conversavano in piedi a piccoli gruppi, altri ancora vagavano da un crocchio all'altro. Due liuti suonavano le canzoni di moda; la musica si mescolava al rumore delle stoviglie e agli scoppi di risa che si accendevano dai capannelli di giovani raccolti intorno alle dame. Manetto, si fosse dimenticato o l'avesse fatto apposta, non gli aveva detto che tra quelle donne avrebbe trovato anche sua sorella.

La vide entrare all'improvviso e dirigersi verso la festeggiata. Uomini e donne si scansavano al suo passaggio e lei rispondeva con un sorriso soavemente triste ai loro saluti. Lui cominciò subito a tremare. Lo scuotimento cresceva, non c'era niente da fare, sarebbe caduto sul pavimento. Si appoggiò a una delle pareti decorate, e fece appena in tempo, perché pochi attimi dopo perse la vista. Nel buio percepiva che lo stavano osservando. Pochi istanti ancora e sarebbe svenuto... Fu Manetto a soccorrerlo. Lo afferrò sotto le ascelle e lo portò fuori. All'aperto si riebbe. Manetto lo guardava come avrebbe fatto Tana.

Il significato del nove non riusciva a decifrarlo, ma di cosa significasse quest'altro segno, perché anche questo era un segno, si sentiva sicuro. A meno che... Già, perché a volte dubitava della sua sicurezza. Che fosse attratto da Bice era fuori discussione, ma si chiedeva anche se, per caso, non fossero i gesti di amicizia, le premure che lei gli riservava a spingerlo a interpretare come sentimento amoroso la soddisfazione di essere considerato da una delle dame più in vista di Firenze. Che poi, cosa ne sapeva lui dell'amore... Mai aveva provato quegli eccessi di onnipotente felicità che facevano dire al suo Guido: «Io cammino sulle acque». Mai era precipitato nella nera malinconia in cui Guido sprofondava. Ma si diceva anche che mai aveva provato per Gemma l'euforia, l'appagamento che gli dava la presenza di Bice, e neppure il desiderio di rivederla quando non le era vicino. E nemmeno però gli era mai capitato di chiedersi se lui Gemma l'amava.

*

Gemma. Che mistero!

Nella sua vita era entrata per caso. Altri avevano deciso. Come, crescendo, spunta la barba e ti copri di peli, e tu non te ne accorgi, così lui, un giorno, si era svegliato con quella moglie nel letto, e gli era parso che ci fosse sempre stata. Eppure Gemma era la prova che nella vita il caso non esiste, per lo meno, nella sua.

Se da bambino non si fosse intestardito a voler fare il poeta, nel suo letto adesso ci sarebbe stata un'altra moglie.

Nonno Durante lo immaginava avvocato; Brunetto lo vedeva notaio. Già da alcuni anni sapevano entrambi che il loro Dante non sarebbe diventato né avvocato né notaio, ma a quell'epoca lui si guardava bene dal deluderli. Anzi, li assecondava, nel timore che potessero togliergli i suoi amati poeti latini.

Il nonno pensò che per un brillante avvocato un matrimonio con una ragazza dell'alta società sarebbe stato l'ideale. Ma come convincere una famiglia aristocratica ad allearsi con gli Alighieri? Il nonno giocò la carta della convenienza economica. Perfino per i magnati più ricchi, soprattutto poi se avevano numerose figlie, i matrimoni di prestigio comportavano un bell'esborso: le doti potevano ammontare a cifre insostenibili anche per loro. Una soluzione decorosa, senza esborso, era di certo assai appetibile. Suo padre di sicuro avrebbe ragionato diversamente. Alighiero era vanitoso, ma al rango sociale avrebbe comunque anteposto i quattrini. Si sarebbe messo alla ricerca di un qualche arricchito, magari venuto in città da poco tempo, e in cambio di una dote consistente avrebbe accolto una loro figliola nella sua famiglia.

Il nonno mirava più in alto.

Alla fine aveva messo gli occhi su una ragazzina, niente meno che dei Donati, e Donati significava la più alta nobiltà di Firenze. Non proprio del ramo principale, quello di Corso, ma comunque anche quei Donati in fatto di nobiltà non scherzavano: il padre della ragazzina, Manetto, era cavaliere. Nelle loro casse, però, i fiorini scorrevano assai meno copiosi di quanto il sangue nobile gli scorresse nelle vene. E così la carta dei soldi si dimostrò vincente. La promessa gli aveva portato in dote una miseria. Il cavalier Manetto, invece che in moneta, aveva pagato con il prestigio del nome.

Gemma gli aveva dato un figlio, altri ne sarebbero venuti; era rispettosa, devota. Sebbene la sua confidente restasse Tana, era affezionato a quella brava moglie rotondetta e di poche parole. La scelta del nonno era stata felice: la parentela prestigiosa gli aveva dato una bella mano a uscire dal mondo di trafficanti che per nascita sarebbe stato il suo.

Se l'amore per una moglie era quello, allora lui l'amava. Certo, di camminare sulle acque non si era mai sentito capace, ma, per essere sincero, neppure l'eccitazione quasi febbrile che gli montava dentro alla presenza di Bice faceva nascere pensieri di quel tipo.

Semmai lo sorprendevano, e lo lasciavano perplesso, certi lampi che scorgeva negli occhi di Gemma quando, seduto al tavolo di cucina, per ore e ore, con l'aria beata di un bambino che gioca, metteva su carta i suoi versi. Gemma non sapeva leggere, e lui non glieli recitava, ma indovinava di chi stesse scrivendo.

7

Il barbaglio del giorno si era attenuato. Non era ancora il crepuscolo, solo una sorta di estenuazione della luminosità, come se i raggi del sole si fossero sfibrati. Sopra Firenze non c'era una nuvola, ma verso Fiesole una compatta foschia grigiastra velava il cielo.

Da lontano, gli parve di vedere un assembramento di persone all'altezza della chiesa di Santa Lucia. In quella luce incerta i suoi occhi malati non distinguevano chi fossero.

Erano mendicanti: seminudi, sporchi, storpi; chi agitava un moncherino, chi si trascinava per terra; gli idioti ridevano spalancando la bocca sdentata. Un cordone di servi, bastoni in mano, impediva loro di avvicinarsi al portone dei Bardi, e così si accalcavano poco dopo la chiesa ostruendo la strada. Dovettero attraversare quella folla cenciosa, scansando decine di mani protese, in mezzo a una litania di richieste piagnucolate, di benedizioni untuose pronunciate con lampi di odio negli occhi. A quello spettacolo era abituato. Ma sulla faccia di quei disgraziati era stampato un sorriso che voleva essere di umile sottomissione e che invece risultava quasi irridente. Erano sorrisini soddisfatti, quelli. La voce che una ricca signora stava per morire doveva essersi diffusa in fretta, e loro aspettavano. Prima o poi ci sarebbe stato il funerale, e dopo il funerale quei ricconi avrebbero distribuito una bella elemosina.

Lo colpì vedere che davanti al portone spalancato dei Bardi stazionavano molte persone: dame velate, uomini agghindati. Si muovevano con lentezza, studiavano i gesti, parlavano sottovoce. L'atmosfera compunta che aleggiava davanti a quel portone contrastava violentemente con il marasma scomposto che si era appena lasciato alle spalle.

Il grande salone al piano terreno era in penombra. Ma gli bastò varcare la soglia per avere la sensazione che fosse gremito. Un'ondata di calore malsano lo investì sulla faccia, cominciò subito a sudare. Fece cenno a Lapo di andare avanti e si fermò nei pressi della porta. Non voleva farsi vedere grondante, avrebbe aspettato che il sottile filo d'aria che penetrava dall'esterno lo avesse asciugato.

Lì dentro qualcosa gli ricordava una funzione in chiesa. Capì che era l'odore di ceri che bruciavano. Una nebbia ristagnava sotto la volta. Strinse gli occhi e vide dense volute di fumo fuoriuscire da una porta laterale e fluttuare sulla massa scura dei presenti. E subito dopo percepì la nenia. Da quella stessa porta proveniva, a ondate, il suono di una preghiera di cui non riusciva a cogliere le parole e quel flusso sonoro sovrastava il brusio delle tante persone che parlottavano tra loro a bassa voce.

Non era la veglia di un moribondo, quella.

Pensò che Lapo non avesse voluto essere lui a dargli la notizia del decesso.

Si decise a entrare. Nel salone era ammassata tutta l'aristocrazia di Firenze: Frescobaldi, Spini, Mozzi, Donati, Adimari, Della Tosa, Pazzi, Sacchetti... Avanzava a piccoli passi, cercando di non urtare qualcuno. Si inchinava rispettosamente davanti alle persone a lui note: alcuni rispondevano con un cenno del capo, altri non si degnavano di salutarlo. Si davano tutti un contegno, ma sudavano abbondantemente. Benché atteggiassero la faccia a mestizia, nessuno piangeva. Le dame agitavano i ventagli sul viso e sul petto. Quell'estate prematura era una buona occasione per metterlo in mostra.

Lui si sentiva a disagio. Se quell'imbecille di Lapo lo avesse avvertito, si sarebbe almeno cambiato d'abito. E invece, eccolo lì, tra velluti e broccati, con il suo vestitino da tutti i giorni, una tunichetta di cotonaccio un po' scolorita che spiccava più d'una macchia di vino rosso su una tovaglia immacolata. Perché mai avranno fatto entrare questo pitocco? si saranno chiesti i molti che non lo conoscevano. Il solito Alighieri, avranno pensato gli altri: cosa vuol dimostrare? Non li sentiva, ma se li immaginava i commenti: «Ma cosa può voler dimostrare... la solita cosa». «Già, che la nobiltà è dell'anima.» «Alla faccia delle buone maniere.» «Diciamo pure del buon gusto.»

Iacopo Bardi, fratello di Simone, faceva gli onori di casa.

Lo sentiva ripetere a questo e a quello che Simone era stato avvisato, che sarebbe arrivato al più presto, Prato non era così lontana... Finito il discorsetto, lo vedeva strofinarsi le mani sollevato, come pensasse: anche questa è fatta. A un uomo dal viso largo e bitorzoluto che, incurante dell'afa, portava in testa un berretto di velluto ornato di pelliccia – lo riconobbe, era il console di Calimala – spiegava con dolorosa rassegnazione:

«E chi se l'aspettava. Tre giorni, soltanto tre giorni... ma quanto ha sofferto, poverina!»

E poi lo udì rassicurare l'interlocutore:

«No, no... vaiolo no. Non sappiamo cosa sia, ma di sicuro non è vaiolo».

Al centro di un gruppo dal quale gli altri si tenevano a rispettosa distanza intravide Vieri dei Cerchi. Si diresse verso di lui per rendergli omaggio. A Vieri era sinceramente grato. Grazie a Vieri, che lo aveva reclutato tra i cavalieri d'assalto nella guerra contro i ghibellini fuorusciti, lui poteva vantarsi di avere combattuto a Campaldino, primo della sua famiglia, nel reparto nel quale militavano i giovani più nobili e distinti della città.

Quando lo scorse, Vieri allargò le braccia facendo segno ai suoi vicini di lasciare spazio e gli si fece incontro con studiata lentezza.

Era di bassa statura, grasso, i capelli precocemente imbiancati; ogni suo gesto esprimeva affabilità e cortesia. Un grande diplomatico, un principe della Chiesa, ecco a cosa assomigliava il più ricco banchiere di Firenze.

Con le mani gli afferrò le braccia sopra il gomito e le tenne strette a lungo sorridendogli. Il suo sorriso contagiò i signori con i quali stava conversando. Lui si chiedeva se avrebbe dovuto parlare per primo o attendere che Vieri rompesse il silenzio. Era sulle spine, ma nello stesso tempo si beava della sensazione di essere lui, con la sua tunichetta, il centro della sala. Infine Vieri, con aria grave, ma ad alta voce, che tutti sentissero, gli disse:

«Dante, la nostra Bice vive in Cielo e nelle tue poesie».

Un guizzo di felicità gli serpeggiò per tutto il corpo.

Ci pensò Guido, poco dopo, a rovinarla.

Era sbucato dalla porta da cui usciva il fumo di candele. Lo vide fendere la folla a gran passi, impettito, guardando fisso davanti a sé. Uomini e donne gli facevano largo, rispettosi, quasi intimoriti. Veniva dritto verso di lui. Gli si piazzò davanti e gli mise una mano sulla spalla, da vecchio amico, si chinò un poco – Guido era alto e magro, lo sovrastava – e mormorò:

«La tua Beatrice non è ancora ascesa al Cielo, la trovi là» indicò la porta, «è là, distesa sul tavolo».

Guido, forse, voleva essere affettuoso. Lui però si risentì. In quelle parole aveva còlto un rimprovero. Come se Guido avesse voluto dirgli: «Siamo tutti nella stessa barca, tu e la tua Bice, adesso lo avrai capito». Ma poi pensò che la brutalità di quelle parole nascesse dalla rassegnazione. Mai quell'uomo rigoroso aveva ceduto a una qualche illusione.

Si aggirava fra un gruppetto e l'altro: inchini, saluti, brevi frasi di circostanza, qualche raro incontro commosso. E intanto non aveva smesso di gettare occhiate ansiose a quella porta che seguitava a inondare tutti quanti di fumo e salmodie. Non si decideva a varcarla. Le si avvicinava, stava per compiere il passo, ma ogni volta si girava e ricominciava il suo girovagare insensato. Aveva paura... Prolungare la recita dei convenevoli in realtà un senso l'aveva. Inventarsi degli obblighi sociali era un modo per prendere tempo, sentirsi meno vile.

Aveva constatato che pochi fra i presenti andavano a visitare la defunta. Ciò lo rassicurava: il suo comportamento non sarebbe stato giudicato sconveniente.

Temeva il suo male. Il suo corpo come avrebbe reagito là dentro? Sintomi, per ora, niente, ma era sicuro che il male non lo avrebbe risparmiato. E lui non avrebbe retto alla vergogna. In tutta Firenze sarebbe passato di bocca in bocca il racconto di quell'Alighieri, sì, quello, il poeta, che si rotolava ai piedi del catafalco sbavando come un cane arrabbiato su una tunicaccia già lurida di suo.

Lapo lo toccò su un braccio. Veniva dalla camera ardente. Aveva gli occhi lucidi, la voce strozzata:

«Vai, Dante, Bice aspetta te».

«Vado» rispose, come se avesse ricevuto un ordine, e si mosse.

Fatti pochi passi, ritornò indietro e camminando rasente alle pareti si diresse spedito verso il portone che dava sulla strada.

Il sole era tramontato da poco. Le sagome delle torri e delle casupole si stagliavano nere contro un cielo ancora luminoso. La strada, in basso, era immersa nel buio.

Non si era accorto che fosse passato tanto tempo.

Fuori non c'era più nessuno. Solo due servi dei Bardi infilavano delle torce accese negli anelli di ferro conficcati sulla facciata. Le fiamme serpeggiavano colpite dal vento proiettando ombre capricciose sul selciato, ai lati della striscia di luce che usciva dal portone della casa. Il tempo stava cambiando. Folate di scirocco spazzavano intermittenti la strada. Grandi nuvole biancastre, forse di calore, si erano addensate sopra la città. Sull'Appennino il cielo, già scuro, era solcato da una gragnola di lampi silenziosi. Un'altra striscia chiara si spandeva davanti alla chiesa di Santa Lucia: il portale era spalancato, dentro stavano preparando per la funzione. Un vocìo roco, rotto da strilli femminili, veniva dalla zona d'ombra al di là della chiesa. I poveri, respinti ancora più lontano, stavano litigando per accaparrarsi i posti migliori. Avevano esperienza, loro, non dovevano aspettare il responso dei medici per sapere che la morta sarebbe stata seppellita quella sera stessa.

All'improvviso gli venne in mente che a casa forse lo aspettavano per la cena. Non potevano sapere che la sua visita di commiato si era trasformata in un accompagnamento. Ma poi pensò che la notizia doveva essere arrivata alle loro orecchie: i Portinari abitavano a poche decine di metri. Gemma doveva stare sulle spine all'idea che il consorte sfilasse in quel funerale di classe vestito com'era.

Si era incamminato verso la chiesa. Senza motivo, per abitudine. Percorrendo la strada dei Bardi non mancava mai di entrare in Santa Lucia: sperava di incontrarvi Bice che pregava. L'urlo di dolore di uno sciancato colpito da una bastonata perché si attardava ad allontanarsi dal portone lo fece sobbalzare. Per un istante ebbe la sensazione che il servo avrebbe bastonato anche lui. Rabbrividì. Ma subito l'inchino ossequioso di uno degli energumeni armati di randello lo riportò alla realtà.

«Che sto facendo?» si disse. «Non è questo il mio posto.»

Per quanto la cosa lo ripugnasse, il suo posto era dentro. Bice lo aspettava.

Inspirò profondamente, voleva che i servi capissero che era uscito in strada solo per rinfrescarsi e poi con passo svelto varcò il portone. Attraversò l'atrio senza fermarsi e si ritrovò nella camera ardente.

8

L'ambiente era vasto, ma decine e decine di ceri lo illuminavano a giorno. I Bardi non guardavano a spese. Il corpo di una donna era adagiato su un catafalco nero, al centro della sala. Tutt'intorno sedili vuoti. Inginocchiate lungo le pareti una schiera di terziarie francescane recitavano le preghiere dei morti, monotonamente, come fosse un lavoro. Con malagrazia una fantesca sostituiva i moccoli con candele nuove. Che lì accanto ci fosse la salma della sua padrona sembrava proprio non importarle.

Fermo sulla porta si guardava attorno. Uomini e cose erano avvolti dal fumo dei ceri. Gli occhi avevano cominciato a lacrimare. Lo colpì un odore dolciastro di incenso: forse bruciava in un braciere che non vedeva. La prima impressione fu di trovarsi nell'abside di una chiesa subito dopo che, terminata la funzione solenne, i fedeli se ne erano andati. Gli stessi fumi, gli stessi odori, lo stesso senso di abbandono.

Più che perlustrare la stanza, auscultava il suo corpo. Al catafalco aveva gettato solo una rapida occhiata.

Finalmente, deciso, si avvicinò al tavolone coperto

dal drappo nero, pronto a sostenere lo scontro con il suo male.

Il corpo minuto rivestito di un abito rosso giaceva con le mani incrociate sul petto; un velo di seta bianca copriva la faccia. Dall'orlo della veste spuntavano due piedini avvolti da calze nere. Restò a fissarli ipnotizzato.

Percepì un movimento vicino. Soltanto allora si accorse di Manetto.

Sedeva su uno sgabello al di là del catafalco. Lo stava osservando e gli sorrideva mestamente. Aveva gli occhi gonfi. Rispose anche lui con un sorriso. Tra loro non c'era bisogno di parole.

Sei mesi prima lo aveva visto piangere al funerale del padre. Quella mattina di dicembre faceva molto freddo. Il corteo che da casa Portinari si dirigeva all'ospedale di Santa Maria Nuova era colpito da raffiche di tramontana che sollevavano i mantelli e impedivano di accendere i ceri. Nuvoloni neri minacciavano pioggia.

Erano in tanti ad accompagnare Folco alla sua ultima dimora. Folco era stato una gran brava persona, generosa e benvoluta. L'ospedale per i poveri a cui lo stavano portando l'aveva costruito con i suoi soldi, e forse, si mormorava, ce ne aveva messi più di quanti avrebbe dovuto.

Bice seguiva il lettuccio sul quale era adagiata la salma del padre al braccio di Manetto e Ricovero;

dietro di loro venivano gli altri fratelli, a due a due. Simone dei Bardi si trovava a Volterra. La sua assenza non meravigliava nessuno.

«Quello non si sarebbe mosso neppure per la madre, figurati per il suocero» commentava uno scuotendo la testa.

«Eh sì» assentivano quelli a lui più vicini.

Un vecchio sputò per terra, in segno di disprezzo.

Lui, parecchie file indietro, cercava di non perdere di vista Bice. Ogni tanto, tra le spalle e le teste che gli ondeggiavano davanti, ne intravedeva la schiena: sussultava per i singhiozzi. I suoi lamenti, invece, gli arrivavano distinti. Acuti, strazianti, sovrastavano i requiem intonati dai preti e da un nugolo di frati.

Nell'angusta cappella dell'ospedale erano stretti gli uni agli altri. Mentre un sacerdote benediceva il defunto, Bice si era svincolata dall'abbraccio dei fratelli e si era precipitata a baciare il volto del padre, disteso sul pavimento. Non erano gemiti i suoi, erano ululati di cagna ferita. Si rotolava per terra maledicendo la morte assassina, si strappava i capelli, si graffiava le guance. Lui era sgomento: le parole sconnesse gridate da Bice, la violenza con la quale si insanguinava le gote non erano le normali manifestazioni di dolore a cui le donne di famiglia erano tenute. Quei lineamenti sfigurati gli erano ignoti, estranei, lo respingevano. Poi convertì lo sconcerto in ammirazione. Ripensò all'indifferenza con la quale lui aveva osservato il corpo senza vita di suo padre allungato sull'impiantito di San Martino.

Dopo la tumulazione le persone si erano affrettate verso casa a piccoli gruppi. Nel frattempo aveva cominciato a piovere. Con il cappuccio sulla testa passò accanto a una coppia di donne che si proteggevano dall'acqua sotto lo stesso scialle. Una – gli sembrò di riconoscere una fantesca dei Portinari – diceva all'altra:

«Adesso, poverina, Bice è proprio sola».

Pettegolezzi di serve, aveva pensato, e aveva tirato dritto.

Che il velo le nascondesse la faccia era un bene: avrebbe ricordato soltanto lo splendore degli occhi verdi. E poi il velo teneva a bada il suo male. Neppure l'ombra del più piccolo tremore. Stava osservando quelle spoglie con tranquilla indifferenza. Il rimescolio di ansia, speranza, paura che lo aveva agitato fin sulla soglia si era del tutto placato. Di quante aspettative aveva caricato quell'estremo incontro. Si era detto che davanti al volto di Bice composto nella serenità della vita eterna avrebbe finalmente capito di che natura fossero i battiti del suo cuore. Di più, che il mistero della morte avrebbe svelato il segreto di quella donna.

Tutti le volevano bene, tutti ne erano affascinati, ma nessuno riusciva a comprendere davvero cosa si nascondesse dietro al suo dolcissimo riserbo. Gli occhi, le parole, i prolungati silenzi lasciavano trasparire, appena percettibile, una punta di malinconia. Il suo pudore geloso calamitava l'attenzione, la rendeva più seducente, ma le impediva di abbandonarsi ai giochi di società, alle conversazioni che si intrecciavano intorno a lei. Nel fondo dell'anima quella donna celava un grumo di tristezza. Il vero mistero, pensava lui, era che quell'ombra amara non la rendesse né schiva né scostante; al contrario, a chiunque le parlasse, o anche solo la guardasse, Bice infondeva una sensazione di serenità, di beatitudine. Beatrice! Nessun altro nome avrebbe potuto esserle imposto. Le sue poesie proprio di questo parlavano, del miracolo di una donna la cui sola presenza metteva uomini e donne in pace con sé stessi.

Adesso un fazzoletto di seta copriva il suo volto. E lui se ne stava lì senza porsi alcuna domanda. Non riusciva a staccare gli occhi dai piedini neri che spuntavano dalla gonna rossa. Era la parte del corpo più intima che di lei avesse mai visto. Quei piedini gli avevano riportato alla memoria una festa di Calendimaggio.

Al tramonto, sul sagrato di Santa Trinita brigate di ragazzi e fanciulle ornati di fiori ballavano al suono di liuti e cembali. Alle finestre delle case affacciate sulla piazza pendevano gonfaloni e rami frondosi. Una gran folla circondava i ballerini e li incitava battendo le mani.

Lui osservava senza lasciarsi coinvolgere.

Un chiasso festoso cominciò a provenire dal ponte sull'Arno; subito dopo un folto gruppo di giovani mascherati si riversò nella piazza. Fra i nuovi arrivati si distinguevano un Cupido e il suo paggetto. Fu con enorme stupore che dietro alla maschera di Cupido riconobbe Bice e nella donna che le faceva da paggio Vanna, l'amata per la quale, allora, soffriva il suo Guido. Mai avrebbe pensato che Bice potesse abbandonarsi a una così sfrenata allegria, che la sua dama triste nascondesse la gaiezza di una bambina.

Un po' alla volta gli altri giovani del ballo si erano ritirati lasciandole sole al centro della piazza. Gli astanti, in cerchio, avevano smesso di battere le mani e osservavano incantati le due mascherine. Eseguivano le figure ridendo ad alta voce, nelle pause lanciavano sguardi ammiccanti al pubblico, che prese ad applaudirle. Il travestimento le aveva rese audaci. Lui non batteva le mani, ma, senza accorgersene, batteva il tempo con i piedi e dondolava la testa, felicemente imbambolato. Non staccava lo sguardo dagli agili piedini di Cupido: si muovevano a tempo con saltelli sempre più veloci, quasi non toccavano il suolo.

Lo riscossero le parole che una donna anziana, seduta di sghembo su una seggiolina vicino a lui, stava rivolgendo a un'amica accoccolata al suo fianco:

«Che bello vederla così allegra!» diceva la sconosciuta, mentre l'altra assentiva con la testa.

«Buon Dio, anche lei ha diritto a un po' di felicità.»

Le due vecchie non avevano rivelato nulla di sconvolgente, eppure lui aveva sentito una fitta dolorosa. Avrebbe voluto chiedere spiegazioni, ma sarebbe stata una indiscrezione troppo grande. Gli era tornato in mente che alcune volte nei saloni della buona società gli era capitato di sorprendere coppie di dame darsi di gomito sollevando il mento in direzione di Bice e dirsi parole all'orecchio mentre lei, sorridente, era circondata da un crocchio di cavalieri. Ma ben presto l'immagine dell'angelo aveva ripreso il sopravvento e con la sua luminosità aveva dissipato ogni ombra.

Qualcuno lo afferrava per un braccio. Era Manetto.
«Raggiungiamo gli altri, sarebbe scortese trattenersi ancora.»
La porta dirimpetto a quella della camera ardente era stata spalancata. Già molti stavano defluendo in quella direzione.
Iacopo aveva annunciato che il funerale si sarebbe svolto quella sera stessa. Simone, ahimè, non sarebbe arrivato in tempo, ma il caldo era davvero troppo, e ai medici non sembrava opportuno attendere ancora.
Di bocca in bocca correva sussurrata la parola vaiolo.
Nella sala, delle stesse dimensioni di quella dove giaceva il corpo di Bice, erano stati apparecchiati tre grandi tavoli a ferro di cavallo. I servi andavano e venivano portando vassoi carichi di vivande e caraffe di cristallo piene di vino. Le fantesche riempivano bicchieri d'argento che poi allungavano agli ospiti. Con una faccia ilare invitavano a servirsi. Il brusio dell'atrio qui si era trasformato in vociare. Nell'aria risuo-

navano richiami, liete esclamazioni di sorpresa, anche risate. Iacopo rispondeva con parole di circostanza alle condoglianze che gli venivano fatte, borbottando con la bocca piena di cibo. Mancava solo la musica, e si sarebbe detto che i Bardi stavano dando una festa.

Bevve un sorso d'acqua fresca. Lo stomaco chiuso non avrebbe tollerato alcunché. L'idea di dover sopportare ancora quell'allegria sguaiata lo opprimeva.

Pensava a Bice, rimasta sola.

Il corteo percorreva il breve tragitto fino alla chiesa. Il lettuccio con il corpo e i tanti preti che officiavano erano già entrati mentre la coda stava ancora uscendo da casa. L'odore di incenso aveva invaso la strada. Adesso che era calato il silenzio, si udiva lo strusciare dei piedi sulle pietre. Dal campanile di Santa Lucia veniva un lento rintocco a passata, poi si erano aggiunte le campane di San Niccolò e infine quelle di Santa Maria Sopr'Arno: quei suoni funebri si sovrapponevano in un lugubre concerto. Dalla chiesa venivano le grida delle prefiche e si mescolavano ai lamenti e ai pianti interessati dei poveri. Nessun altro piangeva. Forse Manetto, Ricovero e le sorelle di Bice, ma dalla sua posizione lui non li poteva vedere. Del resto, neanche lui piangeva. E neppure pensava a Bice.

La sua attenzione era catturata dalle luci. In basso, i tanti ceri che si muovevano ondeggiando nel buio proiettavano ombre smisurate e mobili sulle pareti nere delle case. In alto splendeva la luna. Il vento si era rinforzato, nuvoloni neri si inseguivano nel cielo. A tratti oscuravano la luna, ma subito dopo il chiarore latteo del pianeta si spargeva intorno creando strani effetti luminosi. Il temporale era ancora lontano, ma si stava avvicinando. Lampi senza tuono guizzavano nel cielo. La sua vista malata aureolava di nebbia la luna e sfocava i contorni.

La luce istantanea di un lampo illuminò una nuvola di un bianco candido: il vento la stava spingendo in alto, in mezzo alle altre nuvole nere.

9

Firenze, 8 giugno 1294

Ci vorrebbero dei rintocchi funebri.

Da bambino, l'ultimo giorno dell'agonia di sua madre lo avevano allontanato da casa. Al tramonto, seduto su uno sgabello davanti al camino acceso, mentre la vecchia che l'ospitava per distrarlo gli raccontava la favola di Giovannin senza paura che morì spaventato dalla sua ombra, aveva udito la campana della Badia suonare una passata. Da quella sera la solitudine aveva la voce delle campane a morto.

Rintocchi funebri... Un segno universale di lutto. Geremia! I versetti della desolazione. Aveva trovato il ritocco che cercava:

Quomodo sedet sola civitas plena populo! facta est quasi vidua domina gentium.

Solenne e cadenzato, in latino, ma nelle orecchie di tutti: deserta la città già piena di folla...

E ora, subito, la notizia. Da collegare al racconto. Aveva scritto che stava pensando a una canzone nella quale descrivere come la virtù di Beatrice operasse dentro di lui. Ne aveva composto e trascritto la prima stanza. Bene, sarebbe partito da lì:

Io era nel proponimento ancora di questa canzone, e compiuta n'avea questa soprascritta stanza, quando lo Signore della iustizia chiamò questa gentilissima a gloriare sotto l'insegna di quella Regina benedetta Maria.

Adesso veniva il difficile, non dirlo dicendolo. L'idea che lo rendeva felice era forse un po' contorta, perfino bizzarra, ma avrebbe funzionato. Bastava essere sobri. Raccontare una cosa eccezionale come fosse un'ovvietà. Come puoi non capire? È così semplice. Dunque:

E avegna che forse piacerebbe a presente trattare alquanto della sua partita da noi, non è lo mio intendimento di trattarne qui per tre ragioni.

Un piccolo elenco di ragioni, e il gioco era fatto. La semplicità paga sempre.

Quali fossero le ragioni lo aveva ben chiaro, ma non riusciva a decidersi in che ordine presentarle. Seguire la logica, cioè una successione consequenziale, o ingarbugliare un po' le carte? Insomma, costringere a un ulteriore piccolo sforzo i suoi lettori?

La cucina si era riempita di fumo. Pizzicava gli occhi, che cominciarono a lacrimare. Erano delicati i suoi occhi, si irritavano facilmente. Doveva tenerli sempre puliti e rinfrescarli spesso con impacchi d'acqua gelata. Non poteva restare ancora in mezzo a tutto quel fumo.

Si alzò per uscire di casa.

«Non toccare!»

Era stato un po' brusco, ma la fretta con la quale Gemma stava per avventarsi sulle carte lo aveva infastidito. Possibile che solo in casa sua non si avesse alcuna considerazione per poesie che fuori di lì tutti lodavano? Ogni volta che si sedeva in cucina per scrivere qualcosa poteva leggere sul volto della moglie la domanda: quando ti deciderai a lavorare? La miseria faceva perdere il senso dell'onore anche a una Donati. Quanto alla matrigna, era solo la figlia di un mercantucolo...

Fuori si era accomodato su un sedile di pietra, in uno spicchio d'ombra subito alla destra della porta di casa. Appoggiava la schiena al muro. Il muro era caldo per il gran sole che lo aveva colpito fino a poco prima, ma lui non lo sentiva. Pensava, assorto...

A metà mattina il via vai era continuo. Quasi tutti uomini: operai, garzoni, qualche bottegaio... Ogni tanto anche un contabile, un notaio. Nel suo sestiere lo conoscevano tutti. Passandogli davanti, molti lo salutavano. Udiva appena la loro voce. Ricambiava dicendo «buongiorno» come se recitasse le litanie.

Pensava a san Paolo.

L'idea che lo aveva sbloccato gli era venuta proprio da lui. Cercava di ricordare esattamente le parole con le quali l'Apostolo aveva raccontato ai Corinzi la sua esperienza mistica di tanti anni prima. Quattordici, quindici? Molti anni prima, in ogni caso. Il santo si giustificava per averla taciuta così a lungo. Paolo di Tarso non aveva certo paura di essere preso per un millantatore o per un esaltato. Non aveva bisogno di entrare nei particolari. «Io so di un uomo il quale fu rapito fino al terzo cielo.» No, scrive precisamente, adesso lo ricordava: «Io so di un uomo il quale, quattordici anni fa, se col corpo o senza corpo non lo so, lo sa Dio, fu rapito fino al terzo cielo». Diretto. Essenziale. E modesto: un uomo, lui, uno qualsiasi. Che poi, anche avesse voluto, quali particolari avrebbe potuto dare? Quell'uomo era stato rapito in paradiso e lì aveva udito parole ineffabili. La mente umana mica può trattenere il ricordo di ciò che Dio gli ha eccezionalmente concesso di vedere e udire nella città celeste. La lingua umana non potrebbe mai articolarlo in parole. «Bisogna gloriarsi» scrive Paolo, «ma questo non è conveniente.» Lui non si gloria di quell'immenso privilegio, eppure potrebbe gloriarsi, e non sarebbe un pazzo se se ne gloriasse, perché racconta la verità.

Gloriarsi! ecco la parola di cui andava in cerca, lodarsi, farsi laudatore di sé stesso. L'idea aveva preso la sua giusta forma.

Rientrò in casa. Adesso era ancora più felice di prima. Il cervello girava, eccome...

10

Firenze, 9 giugno 1290

All'indomani del trasporto, come usa, era andato a casa Portinari per rinnovare le condoglianze ai fratelli della defunta. Esauriti i convenevoli, Ricovero e le sorelle li avevano lasciati e Manetto lo aveva pregato di trattenersi ancora un poco. Sebbene durante la notte fosse scoppiato un temporale, la mattinata era radiosa, e così si erano spostati in cortile, quello stesso nel quale da bambini combattevano le più accese battaglie e dove, sedici anni prima, aveva visto la piccola Bice vestita di rosso.

Manetto aveva bisogno del calore di un amico. In meno di sei mesi aveva perso il padre e la sorella più amata. Adesso era lui il capofamiglia, ma a quella responsabilità non si sentiva pronto. Per fortuna Ricovero era un gran lavoratore e aveva il bernoccolo degli affari, un fiuto che a lui mancava proprio. E siccome le faccende finanziarie e commerciali lo mettevano in ansia, tendeva a ingigantire i problemi. Di certo, non ingigantiva quelli provocati dalla gestione dell'ospedale. Folco aveva fatto il passo più lungo della gamba: in pochi mesi quell'istituto per i poveri, il più imponente della città, si era già mangiato una quantità di fiorini da fare paura.

Ben presto Manetto si era messo a parlare della povera Bice. Che l'amico volesse parlargli proprio della sorella, lui lo aveva capito subito. Intuiva che desiderava sfogarsi. Con nessun altro aveva tanta confidenza. Mai però si sarebbe aspettato di sentire uno sfogo come quello a cui Manetto si abbandonò.

Gli parlava come a una persona di famiglia, il che sotto molti aspetti era anche vero, ma certe sfumature ammiccanti, certi sguardi complici sembravano diretti a uno che avesse subito un lutto grave quanto il proprio. Lui era in imbarazzo: non sapeva decidere se la cortesia gli imponesse di fare suo il ruolo di intimo di Bice che l'amico gli stava attribuendo o se dovesse fingere di non cogliere i sottintesi dei suoi discorsi. Nel dubbio, pronunciava frasi fatte, si rifugiava nei luoghi comuni che si tirano in ballo in queste occasioni. E così, quando Manetto, con un lungo sospiro, aveva esclamato: «Almeno ha finito di soffrire», lui, sorvolando sulla pena di cui quel sospiro era impastato, si era limitato a un commento di circostanza:

«Per un'anima buona la morte è molto più della fine della sofferenza, è l'inizio della beatitudine».

Non aveva compreso che Manetto si riferiva a una specifica sofferenza. E infatti questi ebbe quasi uno scatto di protesta, lo guardò dritto negli occhi e gli rispose con voce ferma, assertiva:

«Ma lei soffriva più di altri».

Non attese la sua reazione, cominciò un racconto che lo avrebbe sconvolto.

Raccontò che per Bice la vita nella casa del marito era un inferno.

«Il figlio, il figlio!» Simone non sapeva dire altro. «Quando mi darai il figlio?» Maschio, naturalmente. La ossessionava. Due anni dopo essere entrata nella sua casa, Bice non era ancora incinta. Simone non era neppure sfiorato dal pensiero che sterile potesse essere lui. Col tempo, però, sembrava essersi rassegnato. Ma non era così. L'erede lui lo voleva; se non glielo dava Bice, glielo avrebbe dato un'altra. Una moglie sterile che moglie è? Progettava di chiedere l'annullamento del matrimonio. Con i soldi dei Bardi non gli sarebbe stato difficile.

In lui montava la rabbia contro quel Simone: si dava tante arie ed era peggio di una bestia. Fino a quel momento aveva provato nei suoi confronti una istintiva repulsione; adesso aveva un motivo per odiarlo.

«Perché non ha chiesto l'annullamento?» domandò.

«Per calcolo, solo per calcolo» gli rispose Manetto. «Mica si era pentito, figurati... I Bardi non muovono un dito senza aver fatto i loro conti.»

Simone diceva di non essersi rivolto al vescovo per rispetto a Folco. In realtà con il vescovo aveva parlato, e più di una volta. Se poi non aveva inoltrato una richiesta ufficiale era perché aveva valutato, o meglio, perché i Bardi avevano valutato che una offesa a un cittadino tanto benvoluto come Folco sarebbe stata controproducente. La riprovazione di mezza Firenze era un costo che una famiglia così poco amata come la loro non poteva permettersi. Il banco ne avrebbe sofferto. Però sei mesi prima Folco era salito al Cielo e così Simone si era ritrovato con le mani libere. E non aveva perso tempo: ancora poco, e la povera Bice sarebbe stata rispedita alla casa dei suoi, e da qui dritta in un convento.

«Per lei sarebbe stata una liberazione» concluse Manetto, quasi parlando a sé stesso.

Lui fremeva, indignato, senza immaginare che il peggio doveva ancora venire. Quando Manetto cominciò a riferire quale vita miserabile Bice avesse condotto nella casa dei Bardi, la sua rabbia si tramutò in un dolore quasi fisico, un dolore crescente via via che l'amico aggiungeva nuovi particolari.

Nei rari e brevi periodi nei quali non era fuori Firenze a lucrare i cospicui compensi di podestà, Simone non avvicinava la moglie, né di giorno né di notte. E voleva un figlio, quella brava persona! Durante le sue lunghe assenze il governo della casa era affidato a una anziana governante. Non propriamente una serva, ma una Bardi, rimasta vedova in giovane età e non più risposatasi, che, priva di sostanze perché il marito aveva fatto in tempo a dilapidare anche la sua dote, il padre di Simone aveva accolto in casa. Ebbene, quella donna inacidita si sfogava su Bice trattandola come un'intrusa. Alle serve, forti del suo esempio e sicure di non avere guai, non pareva vero di rincarare la dose. Nella casa che formalmente era la sua, Bice viveva tra umiliazioni, sgarbi e, capitava anche quello, irrisioni palesi. Simone fingeva di non accorgersene.

«Ecco come viveva» concluse Manetto.

Poi, tirando su dal naso, disse ancora:

«Guarda che queste cose le sapevamo solo io e Ricovero. Un paio di servitori fedeli al povero babbo ci tenevano informati. Dalla bocca di Bice non uscì mai un solo lamento, una sola recriminazione. Entrava nella sua casa di fanciulla sempre e solo con il sorriso sulle labbra».

A quel ricordo, nei suoi occhi passò un lampo di tenerezza.

Si rendeva conto che Manetto aspettava parole di consolazione, ma l'ingorgo delle emozioni che gli premeva dentro gli impediva di dire alcunché. Era un accavallarsi confuso di impulsi: compassione per Bice, senso di impotenza, collera, umiliazione, voglia di vendetta. Su tutto però prevaleva il rancore rabbioso nei confronti di Manetto: perché non gli aveva mai detto niente? Non era forse uno di famiglia? Si sentiva tradito, di più, escluso...

Salutò rapidamente e fuggì via.

Corse verso casa. Aveva bisogno di essere solo. Sperava che fossero usciti tutti. In effetti la casa era vuota, salì al piano superiore, si gettò sul letto e ruppe in un pianto dirotto.

Piangeva e intanto pensava a Bice. Dopo ciò che Manetto gli aveva rivelato, la sua Beatrice gli sembrava quasi una sconosciuta. Eppure, chi meglio di lui, il suo cantore, avrebbe dovuto conoscerla. Adesso, di colpo, aveva capito tante cose alle quali non aveva dato importanza. Aveva capito cosa significassero il darsi di gomito delle donne, i commenti a mezza voce, le parole carpite al funerale del padre. Si accusava fra le lacrime. Come aveva potuto vivere per tanti anni nella più totale cecità? Come era potuto accadere che nemmeno un filo di luce avesse penetrato i suoi occhi? Eppure li teneva spalancati, ben attento a non perdere il ben che minimo particolare di quella visione beatifica. Già, ma di cosa si beava? I suoi occhi scrutavano Bice o si perdevano dietro a un fantasma?

Gli sembrò di vedere la faccia sogghignante di Guido.

Un po' alla volta si calmò e i suoi pensieri presero un'altra piega. Qualcosa gli suggeriva che le tenebre non erano state così fitte come lui pensava e che le sue non erano solo belle favole. Del resto, cominciò a dirsi, la grande poesia vede anche nel buio. Omero non era forse cieco? Anche Guido lo sapeva. Come sapeva che la sua per Beatrice era grande poesia. Lui non aveva capito, ma la sua poesia aveva intuito che Beatrice era un essere eccezionale. Non perché era bella, non perché brillava in società. Aveva intuito che la sua straordinarietà consisteva nel donare serenità, gioia, speranza, pace. Un dono che le era stato dato dal Cielo. Adesso che aveva saputo, comprendeva che il dono era anche una prova. Dio l'aveva eletta, ma le aveva imposto di splendere nel dolore e nel sacrificio. Nel modo arcano con il quale parla ai prescelti le aveva ordinato di non chiudersi nell'ombra e di non lasciare spegnere la luce che le aveva infuso; lei, obbediente, teneva nascosta dentro di sé la notte e arricchiva il giorno di un ulteriore fulgore. Si era domandato tante volte quale fosse il mistero di Bice e adesso gli si era rivelato. Sì, era un miracolo. Per un attimo gli era venuto di paragonarla a Cristo.

11

Firenze, 8 giugno 1294

Il fumo si era diradato. In compenso in cucina stagnava un forte puzzo di cavolo.

«Anche oggi?» gli scappò detto.

«Zuppa, il brodo dei poveri» commentò Lapa con sarcasmo. In un angolo della cucina stava cullando il piccolo Pietro.

Gemma fu ancora più tagliente:

«Per poco, cara Lapa, ancora per poco. Presto il mio famoso marito ci nutrirà tutti quanti a fagiani e pernici».

Non era nello stato d'animo per mettersi a questionare su cose così futili. Qualunque cosa dicessero, quelle donnette non avrebbero incrinato la sua felicità.

La culla di legno cigolava, ma quel rumore non lo infastidiva. Pietrino, il suo secondogenito, nato da pochi mesi, dormiva tranquillo. Questo lo faceva sentire in pace. Giovannino, pensò, starà inseguendo un amico per i vicoli del sestiere con in mano una spada di legno. I bambini giocavano ancora a guelfi e ghibellini...

La tavola, adesso, era sgombra. Il foglio che aveva

lasciato sul lato era al suo posto. Solo la boccetta con l'inchiostro era stata chiusa. Gemma avrà pensato che con quel caldo si sarebbe seccato in fretta.

Si sedette pronto a scrivere. Non aveva bisogno di raccogliere le idee. Ma si sbagliava, perché non aveva ancora deciso in che ordine presentare le ragioni per le quali non avrebbe parlato, cioè avrebbe finto di non parlare, della morte di Beatrice. Se ne stava con la penna in mano incerto su quale via seguire. Era più difficile di quanto avesse creduto. Finalmente si convinse: perché complicare le cose? Lui e Guido si erano sempre vantati del fatto che le loro poesie fossero piane, trasparenti, logiche. E adesso perché, scrivendo in prosa, avrebbe dovuto cambiare stile? L'ordine giusto era quello naturale: prima la ragione principale e poi, in ordine decrescente, le conseguenze che ne derivavano. Deciso, intinse la penna e l'avvicinò al foglio.

In quel preciso momento la voce spazientita di Gemma lo chiamò.

«Il pranzo è pronto. Facci spazio.»

«Santissimo Dio!» e calò un pugno sul tavolo.

Una sfilza di contumelie stava per uscirgli di bocca, ma si trattenne. Lui non bestemmiava mai, per nessun motivo. E adesso, davanti a tutti... Rimase immobile per qualche momento, recuperò la calma e poi, con voce tranquilla, disse:

«Va bene, continuerò dopo».

Quel giorno si sentiva in pace con sé stesso e perciò anche con gli altri. Sapeva perfettamente cosa avrebbe dovuto scrivere, dunque non c'era fretta: quelle righe avrebbero potuto aspettare.

Sgomberata la tavola, Gemma gli mise davanti una scodella di zuppa.

Lapa mangiava restando seduta accanto alla culla. Giovannino era arrivato di corsa, rosso e trafelato, e, afferrata la sua scodella, si era rintanato sotto la cappa del camino. Gemma, dopo aver servito, si era accomodata di fronte a lui.

Gli piaceva avere la famiglia intorno. Un giorno sarebbero stati orgogliosi di lui.

Poco dopo dalla porta sbucò Franceschino.

Appena seduto a tavola, eccitato, cominciò a descrivere l'affare che gli era stato proposto. Franceschino era un ragazzo ingenuo, ma di traffici ci capiva.

Lo speziale Campontozzo Lamberti, incontrato casualmente al Mercato nuovo, gli aveva chiesto se gli Alighieri volevano associarsi a lui e a due altri speziali di fiducia nell'acquisto di una partita di biacca e di cocco in vendita a un prezzo di favore. La si sarebbe potuta rivendere con un bel margine di guadagno. Campontozzo era anche disposto a garantire il mutuo che gli Alighieri dovessero eventualmente richiedere. Insomma, la faccenda era più che interessante. Anche tenendo conto delle spese di trasporto, l'utile sarebbe stato notevole.

Lui seguiva facendo finta di essere incuriosito. E perciò chiese:

«Trasporto per dove?»

«Per Bologna» rispose Franceschino, «compriamo a Firenze e rivendiamo a Bologna.»

«Bologna! Guarda che là sono conosciuto, ma non proprio come mercante» disse lui ridendo. «Chiedilo a Bellino.»

Gli era tornato in mente il giorno in cui, durante il suo primo soggiorno in quella città, più di sette anni prima, Bellino di Lapo, un lontano cugino di suo padre, era venuto a fargli visita nella locanda di Porta Ravignana dove aveva preso alloggio. Bellino, che già da parecchi anni commerciava in granaglie e bestiame a San Giovanni in Persiceto, si era sentito in dovere di andare a conoscere quel suo parente di Firenze. Fu un incontro cordiale. Avevano parlato del povero Geri del Bello, il cugino di Alighiero ammazzato poche settimane prima da Brodario dei Sacchetti. A Bellino che chiedeva cosa mai avesse scatenato la furia del Sacchetti, lui aveva risposto che a Firenze nessuno lo sapeva; entrambi, comunque, erano d'accordo sul fatto che Geri fosse violento e attaccabrighe e che qualcosa di grosso doveva averlo combinato. Divergevano nettamente, invece, sul cosa fare: lui sosteneva con calore che l'offesa fatta all'onorabilità della famiglia andava vendicata al più presto; Bellino non capiva proprio perché fosse necessario ammazzare uno dei Sacchetti: gli sembrava evidente che Geri se l'era cercata. Al momento di congedarsi Bellino, che a Bologna vantava numerose conoscenze, con molta cortesia si era offerto di aiutarlo a concludere al meglio i suoi affari. Lui non aveva più dimenticato la faccia che il suo parente aveva fatto nel sentire che non era lì per affari e che non si occupava di commercio. Quando poi gli aveva confessato che non svolgeva alcun lavoro, quello aveva strabuzzato gli occhi:

«Allora sei studente» aveva osservato dopo essersi riavuto dalla sorpresa. «Legge o medicina?»

«Nessuna delle due, non sono studente.»

Bellino non ebbe più la forza di parlare, lo salutò e lasciò la locanda: doveva essersi convinto di aver incontrato un Alighieri balzano, per non dire degenere.

«E chi è Bellino?» domandò Franceschino.

«Poi un giorno ti racconto.»

Non aveva voglia di parlare di Bologna e ancor meno di traffici di colori.

«Ragioneremo con calma su cosa fare con i nostri amici speziali.»

Franceschino non insistette, e cominciò a riferire le voci cittadine sulla rabbia crescente dei magnati contro i nuovi Ordinamenti di giustizia che li escludevano dalle cariche pubbliche.

«Dicono che Cavalcanti minacci sfracelli» aggiunse agitando il cucchiaio.

Lui si mise a ridere divertito:

«Ma che sfracelli! A Guido della politica non importa un fico secco».

Non ce lo vedeva proprio il suo Guido abbracciare la causa di quei villani rifatti che tanto disprezzava.

Le chiacchiere si protrassero per un bel po'. Erano tutti rilassati e lui non aveva fretta. Quanto agli Ordinamenti, neppure a lui ne importava un fico.

Finalmente le donne sparecchiarono, rassettarono la cucina e poi si ritirarono al piano di sopra portando con sé il piccolo Pietro. Franceschino doveva correre a Prato e non sarebbe ritornato che il giorno dopo. Giovannino già da un pezzo era scappato ai suoi giochi.

Rimasto solo, prese la carta e il calamaio, e si sedette. Affilò la penna e si accinse a scrivere. In realtà era quasi un trascrivere, perché le frasi le aveva già tutte composte mentalmente. Per scrupolo rilesse le ultime righe che aveva vergato.

E avegna che forse piacerebbe a presente trattare alquanto della sua partita da noi, non è lo mio intendimento di trattarne qui per tre ragioni.

Bene, si disse, cominciamo.

La prima è...

Forse, pensò, dovrei scrivere:

La prima e principale è...

Si fermò incerto. Si diceva che, se non gli era subito venuto in mente di sottolineare l'importanza della prima ragione, un qualche motivo doveva esserci. Ma poi, era proprio così sicuro che l'ordine nel quale aveva deciso di disporre quelle ragioni fosse quello giusto? Più ci pensava, e più la certezza di prima vacillava.

Si alzò e cominciò a camminare avanti e indietro per la cucina. Camminò per parecchio tempo: quella questione secondaria si era rivelata assai più ostica di quanto avesse previsto.

Un punto fermo era che nell'argomentare i motivi per i quali non avrebbe raccontato la morte di Bice avrebbe rivelato cosa era successo a lui in quel frangente: non proprio come un enigma, ma con una costruzione che richiedeva di essere interpretata dai lettori. Se quello era l'obiettivo, si diceva, perché non chiedere ai lettori un piccolo sforzo in più, fingendo quasi di depistarli? Poteva essere un modo per ravvivarne l'attenzione, per avvisarli che da quel punto avrebbero dovuto concentrarsi, che la lettera non più piana nascondeva un messaggio. E poi, chi non avesse capito il messaggio, incagliato per incagliato, mica si sarebbe chiesto il significato delle ragioni esposte subito prima. Non c'erano facilitazioni valide per gli incapaci, tanto meno per gli ignoranti. E lui di lettori ignoranti non sapeva che farsene.

Sedette di nuovo finalmente rasserenato e cominciò a scrivere.

La prima è che ciò non è del presente proposito, se volemo guardare nel proemio che precede questo libello.

Nelle prime righe del libro non aveva forse premesso che avrebbe copiato le parole scritte nel libro della sua memoria? Insomma, che quello era un libro di ricordi? E allora, l'ovvia conclusione era che con la morte di Beatrice era successo qualcosa che la memoria non poteva trattenere. Inutile parlarne, perché non avrebbe saputo cosa dire. Il segnale gli sembrò chiaro abbastanza.

La seconda si è che, posto che fosse del presente proposito, ancora non sarebbe sufficiente la mia lingua a trattare come si converrebbe di ciò.

E se anche mi ricordassi, non sarei in grado di raccontarlo. Perfino il lettore più duro di comprendonio a questo punto avrebbe capito: non la si può ricordare, non la si può raccontare... cosa sarà mai un'esperienza che trascende le capacità della mente umana, se non...?

Se non quella a cui allude san Paolo. Ecco il punto giusto per riprendere il «gloriarsi» dell'Apostolo. Come Paolo, anche lui non voleva farsi laudator di sé. Gli piaceva quell'espressione, diceva ciò che Paolo aveva scritto, ma con parole diverse, sue. Andiamo con l'Apostolo!, si disse.

Provava la sensazione di onnipotenza di quando la mente macina le idee e si slancia in avanti a mettere in ordine il mondo. Per di più, aveva scoperto che prima sbagliava, che proprio questa era la successione logica e naturale degli argomenti. Mai buttarsi di slancio sulla pagina, le cose vanno lasciate decantare: la pausa imposta dalla famiglia era stata una vera benedizione.

Andiamo con l'Apostolo!

> *La terza si è che, posto che fosse l'uno e l'altro, non è convenevole a me trattare di ciò, per quello che trattando converrebbe essere me laudatore di me medesimo, la qual cosa è al postutto biasimevole a chi lo fa.*

Be', si disse, anche un facchino del mercato avrebbe capito. Un facchino sì, mercanti e cavalieri, dottori in far di conto, loro, no. Ridacchiava dentro di sé. Si immaginava la faccia di Simone dei Bardi – perché era sicuro che Simone il libro lo avrebbe letto, magari avrebbe spergiurato che di certe scemenze lui non voleva nemmeno sentire parlare, ma lo avrebbe letto. Gli sembrava di vederlo mentre si chiedeva cosa mai avesse voluto dire quel presuntuoso dell'Alighieri. Be', se lo facesse spiegare da qualcuno. Si sentiva baldanzoso e leggero. Quasi quasi glielo dico, pensò: fatti aiutare, cerca un chiosatore. Sì, glielo dico proprio, e proseguì la frase:

> *e però lascio cotale trattato ad altro chiosatore.*

La tensione era caduta all'improvviso. Era stanco. Avrebbe continuato domani. L'indomani avrebbe scritto del nove e di cosa quel numero significasse.

Per anni si era scervellato a trovarne il senso; come sempre accade coi misteri, gli si era rivelato casualmente. Solo Dio che li manda può illuminarli.

Si alzò e si avviò alla porta.

Il tempo era volato senza che se ne fosse accorto. Era già il crepuscolo, ma la luce era più spenta di quanto dovesse. Il cielo era grigio e sembrava volgere al brutto.

12

Firenze, 17 giugno 1290

Da quando aveva sposato Lapo Riccomanni, ed erano già passati più di quindici anni, Tana abitava in un sestiere diverso da quello degli Alighieri. Tuttavia si sarebbero potute contare sulle dita di una sola mano le volte nelle quali, la domenica mattina di buon'ora, non era venuta ad ascoltare la messa nella chiesa di San Martino al Vescovo, proprio davanti alla casa dei fratelli. Dopo la messa, era diventata più che una abitudine, quasi una legge non scritta, che i fratelli facessero colazione radunati nella casa paterna. Durante il servizio liturgico una serva dei Riccomanni vi aveva portato un paio di cesti con pani appena sfornati, formaggi e, a seconda della stagione, fave, poponi o castagne. Grandi e piccoli si ritrovavano così intorno a una tavola già imbandita: tutti sapevano da chi, ma il tacito accordo era di fingere che la tavola si fosse apparecchiata da sola. Solamente Gemma, ogni tanto, magnificata la bontà del cacio, sporgendosi verso Tana sembrava sul punto di dire qualcosa in lode della generosità di chi l'aveva portato, ma una occhiataccia sua o un colpo di tosse di Franceschino la bloccavano prima che aprisse bocca. Nessuno, tuttavia, l'avrebbe rimproverata. Tutti comprendevano che Gemma si trovava in una posizione imbarazzante: non parente di sangue, e però beneficata, era normale che volesse dare un qualche segnale di gratitudine. Che, fra l'altro, le sarebbe costato molto di più del far finta di niente: era una Donati, lei, una Donati costretta a sorridere a una Riccomanni qualunque e a baciare la mano che riforniva la sua famiglia.

Quella mattina di giugno la riunione era più animata del solito. In parte, perché la domenica precedente Tana non se l'era sentita di lasciare solo il suo giovane figlio Bernardo febbricitante, ma soprattutto perché quella successiva sarebbe stata la festa di san Giovanni ed era tradizione che il giorno del patrono i Riccomanni e gli Alighieri si ritrovassero a pranzo nella casa del marito di Tana. L'organizzazione spettava a Tana: lei doveva stabilire chi invitare, chiedere chi sarebbe mancato, assegnare i posti a tavola agli Alighieri. Tana era donna di grande delicatezza d'animo, ma coi piedi per terra. Faceva molta attenzione a non collocare una accanto all'altra persone che sapeva in cattivi rapporti tra loro. Per la verità, il suo problema era uno solo: come sistemare, che poi voleva dire neutralizzare, il suo adorato ma imprevedibile fratello.

Per i mercanti Riccomanni e per i loro amici quella era festa grande. La vigilia i consoli delle Arti in processione solenne si sarebbero recati al Battistero portando al santo i donativi delle corporazioni. Tutti, a Firenze, consideravano San Giovanni la festa del lavoro. La paura di Tana era che il fratello poeta se ne uscisse con una delle sue tirate contro il fiorino, la mercanzia e le banche, contro quella perversione di considerare il successo negli affari la sola misura del valore di un uomo. Lei si era rassegnata al fatto che, a venticinque anni suonati, non esercitasse alcun lavoro, ma per i familiari quella era una ferita aperta e per i loro amici quasi uno scandalo. Non si era mai visto un Alighieri che pretendesse di campare di rendita: e che rendite, poi! Un paio di poderi in Mugello, pensa te se si può vivere con quattro sacchi di grano! Almeno se ne stesse buono e ringraziasse quei bravi parenti che mantenevano lui e i suoi, e invece no, aveva da ridire il nobiluomo, non si vergognava di sputare nel piatto che altri gli avevano riempito.

Lui e Tana si capivano al volo. Le complicate strategie per metterlo a sedere accanto a un commensale giusto, manovre che si ripetevano ogni anno in prossimità di San Giovanni, lo divertivano, soprattutto perché Tana cercava di dissimularle. E allora, per stuzzicarla, accigliandosi poteva buttare lì osservazioni del tipo: «No, di fianco a Tizio proprio no, non sopporto gli usurai». Al che Tana si allarmava e ricominciava da capo a disporre le pedine. Ma ciò succedeva negli anni passati; questa volta, dopo quanto aveva combinato la festa precedente, si guardava bene dal provocarla.

L'anno prima aveva combinato un disastro, è vero, ma perché era ancora eccitato da Campaldino. Da meno di una settimana era tornato dal campo di battaglia, dal suo battesimo del sangue, dalla sua prima vittoria; i reduci avevano sfilato acclamati nelle vie cittadine, offerto al patrono le spoglie dei ghibellini sconfitti; nel Battistero avevano giurato che anche Pisa avrebbe presto sperimentato l'acciaio fiorentino. E con tutto ciò, durante il pranzo, Pannocchia Riccomanni, fratello di Lapo, si era messo a magnificare la cerimonia del giorno prima, i doni delle Arti e l'ammontare delle offerte delle corporazioni. A lui era saltata la mosca al naso, e così si era messo a inneggiare al valore dei nobili di Firenze, dei giovani che rischiavano la vita per amore della patria, una gioventù ardimentosa che al patrono, insieme alle armi catturate al nemico, portava in dono libertà e sicurezza, ben altra cosa di quei quattro ceri e del sacchetto di denari che i mercanti e i banchieri si degnavano di recare al fonte in pompa magna. C'era da chiedersi se la loro devozione al Battista non dipendesse unicamente dal fatto che la sua immagine era impressa sul fiorino!

Si era scaldato e aveva alzato la voce, i convitati tacevano... La faccia di Pannocchia era diventata paonazza, ma taceva anche lui. La tensione era grande. Poi Pannocchia afferrò un boccale, si alzò in piedi e, tenendolo alto, esclamò forte:

«Brindiamo agli eroi di Campaldino!»

Tutti si associarono applaudendo. A quel punto, era stato lui ad arrossire di vergogna.

Come se non fosse bastato, Tana lo aveva chiamato da parte.

«Cretino.» Era furiosa. «Imbecille!»
Parlava sottovoce, sibilando le parole.
«Eroe di Campaldino!»
Tana era la sola persona al mondo che avesse il diritto di insultarlo.
«Il cavallo, la sella, i finimenti, la spada, lo scudo, la tunica, l'imbottito, l'usbergo, la corazza, la sopravveste, l'elmo...» Tana non la smetteva, «bei soldini, vero? E lo sai tu chi è stato a garantire il mutuo per comprare le armi dell'eroe? Lo sai? Te lo dico io chi è stato, è stato Pannocchia».

Nemmeno a Campaldino, quando, in arcione, aspettava terrorizzato l'urto della cavalleria nemica, aveva provato una voglia così forte di scappare.

Quella mattina, dunque, si guardava bene dal punzecchiare Tana. Anche perché i discorsi sulla festa in arrivo andavano per le lunghe, mentre lui aveva fretta di trovarsi a quattr'occhi con lei. Un'altra legge non scritta dei loro incontri domenicali prescriveva che, terminata la riunione di famiglia, loro due si ritirassero in disparte. Era il momento delle confidenze, quello più atteso, da entrambi, dell'intera mattinata. E quel giorno ne avevano di cose da dirsi!

La casa era piccola, un paio di stanze al piano terreno e altre due a quello superiore, non aveva né cortile né orto: era quasi impossibile trovare un posto dove essere soli. Siccome era una bellissima giornata, soleggiata ma non afosa, decisero di passeggiare fra il Bargello e la Badia.

*

Tana voleva sapere tutto del funerale di Bice. I Riccomanni, benché più che benestanti, non appartenevano alla crema cittadina, e perciò non si erano sentiti autorizzati a partecipare alle esequie. La curiosità di Tana era grande. Chi c'era? Le dame, com'erano vestite? Cosa dicevano? E i Bardi? Come si erano comportati i Bardi?

Per un po' lui aveva cercato di adeguarsi al tono leggero della sorella ma, venuto a parlare dei Bardi e dell'ignobile comportamento di Simone, non aveva potuto fare a meno di raccontarle ciò che gli aveva riferito Manetto: la sterilità, la minaccia di essere ripudiata, le umiliazioni quotidiane. Parlava alternando commozione e rabbia. Era furioso anche contro sé stesso, non si dava proprio pace di non avere capito. Per anni, seguitava a dire, aveva frequentato una santa, l'aveva eletta a suo ideale amoroso, e neppure una volta aveva sospettato in cosa consistesse la sua santità.

«Avresti mai immaginato tutto ciò?» chiedeva a Tana.

«Avresti mai immaginato che razza di vita facesse quella donna?» insisteva.

Fino a che Tana non gli rispose:

«Fratellino mio, guarda che lo sapeva tutta Firenze».

Lui era rimasto senza parole, istupidito.

Tana si affrettò a consolarlo:

«Tu sei un poeta, hai la testa fra le nuvole. È normale che tu non abbia capito...»

Visto che i suoi argomenti non sembravano rasserenarlo, continuò:

«E poi, non è stato meglio così? Avresti scritto poesie altrettanto belle se avessi saputo?»

Tana ammirava le sue poesie. Dante sarà stato anche balzano, un eccentrico capace solamente di creare problemi dovunque si trovasse, ma chi altri scriveva versi di una dolcezza che si avvicinasse anche solo lontanamente alla sua? Perfino quel Cavalcanti, con tutte le sue proteste d'amicizia, ne era invidioso. Lei invidiava Bice Portinari. Quale donna non avrebbe dato un pezzo della sua vita per essere esaltata almeno una volta così come Beatrice lo era stata tante volte da Dante?

«Io non so se tu l'amavi» conclude Tana, «ma Bice sembrava essere stata creata per te.»

«Come dimostrano gli attacchi del mio male» aggiunse lui prontamente.

Tana si mise a ridere di gusto: quel suo geniale e sconclusionato fratello era proprio inguaribile. Non c'era volta che non tirasse in ballo il suo male. E infatti lui cominciò subito a raccontare della paura di subire un attacco che lo aveva preso fin dal momento in cui Lapo Gianni era andato a chiamarlo, di come fosse certo che prima o poi sarebbe accaduto, del terrore di stramazzare per terra e dibattersi sul pavimento ai piedi del catafalco... E invece non era successo. Si chiedeva come mai. Tana sapeva bene che le crisi scoppiavano soltanto in presenza di Bice. Lui poi aveva compreso da molto tempo che la malattia era un segno, il segno inconfutabile di un legame del tutto particolare.

Di questa teoria Tana, donna pratica, non era mai stata persuasa. Ci aveva provato a convincerlo che gli attacchi epilettici non avevano niente a che fare con quella donna, ma il fratello era più ostinato di un mulo: la concomitanza c'era, altroché, non poteva essere casuale; il collegamento c'era ed era profondo. Quella volta, però, Tana sembrò essersi convinta, assunse un'aria seria e con voce quasi da persona contrita disse:

«Hai ragione, mi arrendo. Ascolta, devo raccontarti una cosa che non ti ho mai detto...»

Lui non capiva cosa mai Tana gli volesse comunicare: si stava burlando di lui, ma in cosa consisteva lo scherzo? La voce della sorella aveva il tono misterioso di chi si accinge a fare rivelazioni di grande importanza, ma negli occhi le brillava una punta di amichevole malizia:

«Il tuo male è nato con Bice».

Non cambiò atteggiamento davanti alla sua espressione interrogativa e, sempre più compresa nella parte, cominciò a raccontare.

Disse che leggere convulsioni si erano manifestate fin dai suoi primi mesi di vita, ma che queste erano degenerate in una crisi vera e propria quando aveva da poco compiuto nove mesi. Lo spavento patito quel giorno non l'avrebbe mai dimenticato. Il suo fratellino agitava le braccine e le gambine come se un fuoco gli bruciasse dentro, il suo pianto era straziante; poi, all'improvviso, neanche fosse stato colpito da un fulmine, si era irrigidito e aveva perso conoscenza. La loro madre era sbiancata di paura, lo stringeva al petto come se fra le braccia avesse un piccolo cadavere. Alighiero si era precipitato a chiudere la porta e gli scuri delle finestre che davano sulla strada. Poco dopo, ma era sembrata un'eternità, il corpicino privo di vita aveva cominciato lentamente a muovere le braccia e a lamentarsi. Si stava riprendendo, e anche loro riprendevano colore insieme a lui. Fu proprio in quel momento che qualcuno bussò alla porta. Alighiero era sbiancato: doveva aver pensato che i vicini avessero udito il pianto del figliolo e che uno di loro venisse a chiedere notizie. Pensò pure che non aprire avrebbe dato la stura a un profluvio di chiacchiere e che, siccome il peggio sembrava passato, tanto valeva rassicurare la curiosità del vicinato. Aprì con un bel sorriso sulla faccia. In effetti a bussare era una vicina: tutta affannata era corsa ad annunciare che Cilia, la moglie di Folco Portinari, un paio di isolati più in là aveva da poco dato alla luce una bambina sana, che sarebbe stata battezzata Bice.

«Puoi ben capire» concluse Tana «quanta gioia manifestammo a quella notizia. Quella buona donna mai avrebbe immaginato la causa della nostra contentezza. Le chiedemmo di portare subito le nostre congratulazioni alla madre e al padre della neonata. Ecco, fratellino mio» e così dicendo, benché fossero per strada, ebbe l'ardire di avvicinarglisi e di baciarlo sulla fronte, «ciò che mai ti avevo raccontato. Tu non ne sapevi niente, e però hai indovinato. Sarà un dono dei poeti... Hai ragione, il tuo male nasce con quella donna.»

Aveva ripreso a ridere, come si può ridere di un bambino credulone.

Lui no, non rideva. Era rimasto di sasso. Un tuono gli era esploso in testa. Non aveva perso i sensi, ma il rimbombo aveva cancellato ogni cosa intorno a lui. Il baleno di quel fulmine in un attimo aveva illuminato tutta la sua vita. Un istante di luce, e ogni cosa aveva trovato miracolosamente posto e significato.

Aveva salutato Tana bruscamente, senza curarsi delle sue occhiate perplesse, e si era rifugiato nella chiesa di San Martino.

Le messe erano finite, sui banchi non c'era più nessuno. Seduto, con la testa fra le mani, pensava.

Adesso aveva la prova: le crisi non erano casuali. Lui lo aveva sempre intuito, e adesso ne aveva la prova. Non coincidenze, segni. Non dipendevano né da lui né da Bice. Predestinati, l'uno e l'altra, fin dalla nascita...

Era scritto nelle cose, ma lui non aveva saputo leggere. È amore? E se no, cos'è? Quante volte si era fatto quelle domande! Più se lo era chiesto e più si era perduto nelle tenebre. Aveva cercato risposte dentro di sé mentre avrebbe dovuto aprire gli occhi sui segnali oggettivi, palpabili, che gli venivano dati a profusione. E così era arrivato perfino a ipotizzare che la sua non fosse che un'infatuazione mondana. Il giovane sprovveduto sedotto dai sorrisi della gran dama!

Superbia, la sua cecità era figlia della superbia. Era troppo colto, lui, troppo intelligente, troppo sottile per perdersi dietro a segnali tanto semplici. Dio parla ai bambini, alle donnette, ai poveri di spirito. E gliene aveva dette di parole, gliene aveva mandati di segni! Come un maestro di scuola che non si arrende davanti all'alunno zuccone, aveva usato ora una lingua ora un'altra, ora l'alfabeto del corpo ora quello dei simboli. Non capisci il senso dell'epilessia? allora concentrati sul nove. Fai attenzione al calendario, vedrai, non è difficile...

Adesso, solo adesso, aveva compreso che non era difficile, anzi, che era di una evidenza assoluta: a nove anni aveva incontrato Bice nella casa del padre, a diciotto si erano salutati per strada, lui era di nove mesi quando Bice era nata... Che il nove fosse il loro numero lo aveva intuito da tempo. Ma come aveva fatto a non pensare che quel numero è sacro in sé, contiene per tre volte la Trinità, è anch'esso un sigillo di predestinazione? C'era voluto il racconto di Tana perché il filosofo arrivasse a una verità tanto limpida, e così profonda.

E la nuvola, la nuvola bianca che saliva illuminata dalla luna?

Non aver udito le parole del Signore lo tormentava ancor più del non aver compreso la vera natura di

Bice. Si era incaponito sui versi, ecco perché non aveva capito. E così aveva offeso anche quella santa, l'aveva usata, ne aveva fatto un pretesto per scrivere di un amore che con lei non aveva niente a che vedere. Fantasie, immaginazioni escogitate per stupire e strappare gli applausi. Guido aveva ragione: lui dell'amore non sapeva proprio niente. A sua discolpa, avrebbe potuto solamente confessare che non sapeva niente neppure di sé.

Abbassate le mani, aveva sollevato la testa e guardava l'altare. Le candele della messa fumigavano ancora. Sottili fili di fumo salivano in alto, verso la volta dell'abside, dalla quale pendeva un grande Cristo in croce, contorto come un ulivo.

Gli occhi fissi sulle piaghe del Cristo, si sentiva smarrito. Il pensiero di quanto fosse straordinaria la grazia ricevuta lo annichiliva. L'onta per non averla saputa riconoscere lo prostrava.

«Domine, non sum dignus. Di' una sola parola...»

Ma quante ne aveva già dette di parole! Che altro poteva chiedere al Signore? Non si sentiva neppure in diritto di pregare...

Rimase a lungo immobile, stordito, sotto il Cristo che, muto, lo fissava dall'alto.

Poi, un poco alla volta, un pensiero cominciò a farsi strada. All'inizio, più che come idea o proposito, quel movimento interiore si manifestò sotto forma di sensazione: la tensione dei nervi si stava sciogliendo, il rilassamento delle fibre si trasmetteva all'anima. Ci volle tempo perché la vaga consolazione che ne scaturiva si coagulasse in un pensiero: devo riparare, posso riparare.

L'intuizione, invece, fu istantanea: poteva riparare con la poesia.

Lui era fatto così: si agitava nel buio senza intravedere il più piccolo spiraglio e poi una improvvisa illuminazione rischiarava a giorno la strada da percorrere.

Avrebbe riparato scrivendo un libro.

Già lo vedeva completo in ogni sua parte. Avrebbe raccontato la storia di Beatrice e la storia delle poesie che aveva scritto per lei. Sarebbe stato il racconto dell'immenso privilegio che Dio gli aveva concesso. Lo avrebbe intitolato *Vita Nova*, vita rinnovata dal vero amore.

Le poesie per Beatrice adesso gli apparivano sotto una luce diversa. Non mentiva a sé stesso, sapeva bene di aver fatto di quella donna un angelo del paradiso unicamente per stupire il mondo con una poesia nuova. Voleva distinguersi, voleva che i suoi amici rimatori si sentissero vecchi, sorpassati. Eppure, adesso aveva come la sensazione che ciò che a lui, allora, sembrava solo una scelta di poetica rispondesse a un piano di cui non era consapevole. Percepiva che una potenza esterna lo aveva ispirato, che un soffio creatore aveva fatto di lui il suo strumento. Si convinse che Dio lo aveva guidato sempre, anche nell'errore.

Piangeva di gioia, singhiozzando come un bambino appena perdonato, il cuore gonfio di gratitudine.

Il Signore l'amava.

13

Firenze, 8 giugno 1294

Dal sedile di pietra accanto alla porta osservava il cielo sopra la torre della Castagna: era sempre più scuro, si stava coprendo di nubi nere. Si era anche alzato il vento e le nubi si scontravano in disordine.

Gli tornò alla memoria la sera del funerale di Bice.

Come allora, lampi silenziosi cominciarono a fendere il cielo.

Nel giorno dell'anniversario non poteva essere un caso. Era un segno.

Si interrogava sul suo significato, e intanto una inquietudine sorda cresceva dentro di lui. Più che un segno, quella coincidenza cominciò a sembrargli un ammonimento. E se fosse un rimprovero?

L'inquietudine, in realtà, era insoddisfazione. Per qualcosa che sentiva di avere fatto, meglio, di non avere fatto.

Quando era uscito di casa aveva pensato che un po' d'aria fresca lo avrebbe aiutato a metter insieme le idee per il giorno dopo. Ci aveva studiato, sul nove, e aveva ben chiaro cosa scrivere. Solo qualche passaggio andava ancora limato, reso più fluido. E invece non riusciva a staccarsi da ciò che aveva appena scritto. Era ciò che aveva scritto a renderlo insoddisfatto. L'ultima pagina la ricordava a memoria. Tutto sembrava filarvi liscio: nessuno avrebbe potuto dire che era un esaltato, un matto che aveva le visioni, uno che millanta doti eccezionali. E d'altra parte, chi mai avrebbe potuto accusarlo di essersi nascosto dietro le parole? L'equilibrio fra il dire e il non dire era quello giusto.

Ma era giusto cercare un equilibrio di quel tipo? In una materia tanto incandescente era morale cercare un equilibrio? Era insoddisfatto di sé.

Il vento adesso spazzava la strada a folate sempre più forti, e anche i lampi si erano fatti più vicini.

C'era troppa prudenza in quel dire e non dire. E c'era perfino troppa esibizione: ammira la mia abilità, ecco cosa intimava quella pagina al suo lettore. Ma era ben altro ciò che andava ammirato...

Quella prudenza adesso gli bruciava, sconfinava con la viltà. Ci sentiva l'arroganza del vile. Non capisci? Cercati un chiosatore. Con che diritto avrebbe potuto insultare i tanti Simone dei Bardi che non avrebbero capito, se in realtà lui aveva fatto di tutto per non essere capito? E per non essere capito proprio da loro, dai mercanti, dai banchieri, dai ricchi di cui temeva il giudizio. Era a loro che voleva nascondersi. E invece si nascondeva a sé stesso e a Dio.

Dante Alighieri non ha paura della verità, Dante Alighieri non svaluta i doni di Dio.

Un tuono esplose con fragore. Cominciavano a cadere le prime gocce di pioggia. Rientrò in casa.

Eccitato sedette di nuovo davanti al foglio che aveva lasciato sulla tavola. Era in preda a una specie di furore. Stava per strapparlo, quando udì la voce di Gemma. Non si era accorto che i suoi fossero rincasati.

«È tardi, mangiamo!»

Scattò in piedi agitando i pugni.

«Santissimo Iddio! Dio e tutti i santi!»

Bestemmiava senza ritegno. Era fuori di sé.

«Via, andate via.»

Né Gemma né Lapa osarono dire una parola. Giovannino lo guardava con gli occhi stralunati, sul punto di piangere.

Era arrabbiato con sé stesso. Non sopportava di sentirsi un vigliacco.

Lui, si diceva, adesso avrebbe raccontato la cosa così come era andata. I signoroni di Firenze gli chiudessero pure la porta in faccia.

Il temporale scrosciava violento. Le imposte delle finestre sbattevano.

A lui interessava solo la porta della verità. Perché la nuvola bianca che saliva in cielo lui l'aveva vista, eccome.

Senza rendersene conto aveva preso un altro foglio, immacolato.

Un getto di versi fluiva sulla pagina. Una canzone. Si stava scrivendo da sola. Una mano invisibile guidava la penna. A prendere forma, miracolosamente, era la canzone della verità, e la verità era nella nuvola:

Levava gli occhi miei bagnati in pianti
e vedea, che parean pioggia di manna,
gli angeli che tornavan suso in cielo;
e una nuvoletta avean davanti,
dopo la qual gridavan tutti «Osanna!»

Parte seconda
Guido

1

Mulazzo, ottobre 1314

Da quando tutto era crollato intorno a lui pensava sempre più spesso a Firenze, e a Guido...

Se chiudeva gli occhi, la prima immagine ad apparirgli era quella della terra smossa dietro l'abside di Santa Reparata, con la croce di legno sulla quale il buio della notte impediva di leggere il nome di Guido, e di sé stesso, in piedi, il mantello rosso sulle spalle.

Firenze apparteneva a un'altra vita. Ne era lontano da dodici anni, e sapeva che non l'avrebbe più rivista. Dodici anni di sconfitte, di rovine. Sì, dietro di sé non vedeva che macerie. E pensare che quel 15 giugno del 1300, quando, impettito, sfilava per le vie cittadine a prendere possesso della carica di priore, si cullava felice nell'idea che, dopo tante umiliazioni, quel giorno segnasse finalmente l'inizio della sua carriera di statista! E invece era stato l'inizio del disastro. Non fosse stato priore non sarebbe dovuto scappare, neppure due anni dopo, da una città che lo aveva condannato a morte. I donateschi vincitori non avevano risparmiato i cerchieschi sconfitti. Lui aveva pagato cara la fedeltà a Vieri dei Cerchi. E a imporgli quel prezzo esorbitante erano stati proprio i Donati, i parenti di

Gemma, i suoi parenti! Adesso aveva decifrato quale fosse la trama che Dio aveva tessuto nella sua vita, ma per tutti quegli anni non aveva smesso di chiedersi perché mai Dio avesse scelto i Donati come strumento della sua rovina. Sembrava una vendetta, ma per quale colpa? Forse perché il figlio dell'usuraio aveva cercato di nobilitarsi con un matrimonio?

Adesso aveva compreso che la sua vita sgangherata aveva seguito un disegno nascosto e perciò guardava al passato con altri occhi. Solo un imperscrutabile volere dava senso e valore a quel continuo susseguirsi di errori, entusiasmi, delusioni, catastrofi che aveva costellato il suo esilio.

Nei primi anni lui, che da giovane, armi in pugno, aveva vittoriosamente difeso la libertà di Firenze contro i nemici ghibellini, si era ritrovato a far guerra alla sua propria città in combutta con quegli stessi ghibellini che un tempo l'avrebbero voluta distruggere. Era per vendicarsi di una condanna ingiusta che aveva combattuto spalla a spalla con quegli stessi Uberti che a Campaldino militavano tra le file nemiche o quella alleanza, che soltanto pochi mesi prima gli sarebbe sembrata contro natura, aveva una più profonda e nobile giustificazione? E il fatto che non molto tempo dopo, nauseato dai comportamenti dei compagni d'esilio, guelfi e ghibellini, li avesse abbandonati e si fosse risolto a chiedere la grazia a quello stesso Corso Donati che l'aveva bandito era ascrivibile unicamente a debolezza, per non dire viltà, o rientrava anch'esso in un piano di cui allora non era consapevole?

Da non molti mesi, dal giorno dei funerali dell'imperatore Arrigo, conosceva le risposte. La morte stessa di Arrigo, che sul momento gli era parsa tanto scandalosa da fargli dubitare che l'occhio divino vegliasse ancora sulla cristianità, non gli appariva più il segno dell'insensatezza senza rimedio delle umane cose. Ma come, si diceva in quei giorni, finalmente un imperatore prende a cuore il destino dell'Italia, con coraggio sfida il papa, il re di Francia, il sovrano di Napoli, l'opulenta Firenze, con pochi alleati sta per condurre al trionfo le sue armi e tu, o Dio, lo lasci soccombere a un passo dalla vittoria? Permetti che pace e giustizia siano ancora negate al tuo popolo e che gli egoismi del denaro e del potere seguitino a corromperlo in questa vita e uccidano la speranza di quella futura?

Adesso sapeva che nessuno può giudicare l'operato di Dio, che i suoi strumenti sono imprevedibili e misteriosi. Che perfino un umile scrittore può essere chiamato a servirlo.

In quel casone fortificato che gli abitanti della Lunigiana chiamavano castello abitava dall'autunno dell'anno precedente. Morto l'imperatore, niente più lo tratteneva a Pisa. Rifugiarsi presso il suo antico protettore, il marchese Malaspina, era la cosa migliore che potesse fare. A Mulazzo, però, soffriva di solitudine: mangiava tutto solo nella stanzina che gli avevano assegnato. Prendeva luce da un piccola finestra simile a una feritoia: nella penombra era difficoltoso anche mangiare – castagne, sempre castagne! –, figurarsi scrivere.

Il marchese lo vedeva di rado. Moroello era invecchiato. Passava le giornate in una sua cameretta seduto, con addosso una pelliccia, accanto allo scaldino. Del condottiero che a capo dei fiorentini aveva espugnato Pistoia e fatto strage dei Bianchi solo gli occhi, sepolti in mezzo a una incolta barba bianca, sembravano ancora vivi. Mandavano ancora guizzi feroci quando, le poche volte che gli poteva parlare, farfugliava, la bocca impastata:

«Saprei io come spennare i tuoi amici ghibellini».

A lui, di guelfi e ghibellini non importava più niente.

Tutti uguali, tutti opportunisti, voltagabbana, vigliacchi!

Dai commercianti guelfi di città non si aspettava niente, quelli li conosceva bene. A deluderlo erano stati i nobili feudatari dell'Appennino. Di fede imperiale, si può ben dire per nascita, questi trattavano la fedeltà, che avrebbe dovuto essere il loro più grande valore, allo stesso modo in cui i banchieri trattavano i fiorini. Non avrebbe dovuto meravigliarsi, avrebbe dovuto capire prima che anche per loro valevano solo i fiorini.

*

Ogni volta che gli tornava in mente gli si riaccendeva dentro la rabbia sorda e impotente provata al castello di Poppi, non più di tre anni prima, mentre gli illustri Guidi di Battifolle, marito e moglie, discutevano con lui dell'epistola di benvenuto da inviare all'imperatore Arrigo. Ne aveva viste di vigliaccate e di infamie, di tante nefandezze era stato testimone, eppure quell'episodio di per sé insignificante gli si era ficcato in testa come un simbolo di abiezione.

I Battifolle erano sempre stati guelfi, schierati sempre, senza tentennamenti, con Firenze, e però erano conti palatini, non potevano ignorare che dopo più di mezzo secolo un imperatore calpestava nuovamente il suolo italiano. Un loro segno d'omaggio era doveroso. Il conte Guido si era consultato con lui, suo ospite a Poppi, e aveva accettato con entusiasmo il suggerimento di spedire ad Arrigo un'epistola di saluto. Salvo che a lui sembrava più carino – aveva detto proprio così, carino – che fosse sua moglie Gherardesca a scrivere all'imperatrice Margherita. E già tanta viltà lo aveva fatto ribollire. Ma il peggio sarebbe venuto dopo.

Comporre l'epistola in latino ovviamente toccava a lui. Più erano nobili, e più erano ignoranti. Gli toccava anche perché, sebbene diffidassero delle sue idee politiche, tenevano in considerazione la sua cultura. Pesava anche la circostanza che Gherardesca fosse figlia del conte Ugolino di Pisa e che lui avesse eretto un monumento alla tragica fine di suo padre. Lei si faceva leggere e rileggere quel canto dell'*Inferno*, e a ogni lettura le luccicavano gli occhi di commozione... e di orgoglio.

Ci si era messo d'impegno. Una lettera di donne, certo, ma la destinataria era pur sempre un'imperatrice. Gherardesca non avrebbe potuto passare sotto silenzio l'impresa di Arrigo. Perciò aveva chiuso l'epistola con un elaboratissimo giro di parole nel quale la contessa di Poppi invocava Dio affinché si degnasse, facendo trionfare il suo Arrigo imperatore, di trasformare in meglio e ricondurre al bene l'umana famiglia in quella loro età delirante.

Lesse, o per meglio dire, tradusse il testo latino al Battifolle.

Il fariseo perse ogni ritegno, paonazzo di rabbia cominciò a urlare e a imprecare come un tanghero qualsiasi. Per tutti i santi, ma che accidenti aveva scritto! Credeva forse che lui avrebbe calato le brache davanti a quel sedicente imperatore? Intanto, che provasse a farsi incoronare, se ci riusciva. E poi, incoronato o no, il bel tomo si sarebbe fatto un giretto per l'Italia, dopo di che se ne sarebbe tornato nella sua Germania carico di fiorini. A quello non importava un fico secco dei conti palatini.

Mentre il Battifolle inveiva, lui ricacciava in gola le parole che gli salivano alla bocca.

Riscrisse, accennando soltanto alla Provvidenza che aveva disposto un unico principe per il genere umano. Troppo, era troppo anche questo: le epistole di quel tipo, epistole quasi ufficiali, circolavano, quella della contessa sarebbe arrivata anche a Firenze, e figuriamoci come gli amici di Firenze avrebbero preso quell'idea dell'unico principe!

Alla fine l'epistola di benvenuto si ridusse a poco più di un biglietto nel quale la contessa di Poppi informava l'imperatrice che il suo consorte, i figli e lei stessa godevano di buona salute ed erano particolarmente felici nell'apprendere dell'arrivo dell'imperatore. A questo si era ridotto il fior fiore della nobiltà italiana: dopo mezzo secolo di buio sul cielo della Penisola era risorto il secondo sole della cristianità, e loro non trovavano nient'altro da dire se non che stavano bene e che altrettanto auguravano all'augusta famiglia.

Bottegai di quartiere, vigliacchi!

Sui monti di Lunigiana faceva freddo. Da più di un mese la nebbia stagnava a fondovalle e un vento gelido squassava i boschi senza foglie. Il castello era umido.

Gli mancava Gemma. Aspettava il suo arrivo con impazienza. Con lei sarebbero venuti anche i ragazzi...

Giovannino era morto da sei anni. Era stato lui ad assisterlo nella malattia, a Lucca, dove a quell'epoca soggiornava, anche allora sotto la protezione di Moroello. Gli altri figli, non ancora banditi, vivevano a Firenze con la madre. Gemma, che pure era stata esiliata dalla città pochi mesi dopo la sua fuga, vi era potuta rientrare da un paio d'anni. Perciò lui e Giovannino erano soli, in una città straniera, e ostile. Davanti all'agonia del figlio si era sentito come una madre. Le convulsioni di Giovanni erano state le sue doglie. Così si era scoperto padre. E poi, il senso di colpa da cui non si era più liberato. Era forse vero che l'epilessia era ereditaria? Una maledizione, altro che segno... Di essere stato predestinato era più che certo, predestinato a soffrire.

Incassata la piccola eredità della madre defunta, Gemma lo avrebbe raggiunto e insieme con i figli se ne sarebbero andati a Verona. I fiorini della povera Maria erano proprio provvidenziali. Ancora una volta doveva ringraziare i Donati. Baciare le mani che lo schiaffeggiavano! I Donati avevano fatto di lui un mendicante, un ramingo senza tetto. Ma i Donati gli avevano dato una moglie, una posizione nella società, avevano mantenuto i suoi figli. Forse il bene e il male non erano separabili come il giorno e la notte. Era un'idea pericolosa, questa, e così aveva finito per collocare i Donati in quelle zone di mistero nelle quali era prudente non addentrarsi. «State contenti, umana gente, al quia!», l'aveva anche scritto.

A Verona! Che ci stava ancora a fare in Toscana? I preti avevano avvelenato il grande Arrigo. Che i ghibellini di Pisa vincessero una battaglia dopo l'altra contro i guelfi di Firenze poteva anche essere una soddisfazione, ma ben altro era il suo compito.

Lo avevano avvelenato con un'ostia. Miscredenti! Togliere la vita con il pane che la dona! Nemmeno i saraceni sarebbero arrivati a tanto. Miscredenti e illusì! Come avevano potuto pensare di sconvolgere impunemente i piani di Dio. La sua vendetta sarebbe piombata su di loro, stava per piombare su di loro...

Quello era il suo compito: essere lo strumento della vendetta di Dio.

A Verona avrebbe riunito la famiglia.

Gemma aveva vinto. Gran donna, Gemma! Una leonessa. Da anni lottava con le unghie e coi denti per proteggere i figli, tenerli uniti, legati al padre lontano. Dal giorno in cui lui era fuggito dalla città lei era diventata il vero capofamiglia.

Da Siena, era il novembre del 1301, ricevuta la notizia che il partito di Corso Donati con l'aiuto del Valois aveva compiuto un colpo di Stato, si era precipitato a Firenze.

In città la vita era come sospesa. I passanti camminavano veloci, a testa bassa, infagottati più di quanto il freddo richiedesse. Salutavano a gesti, nessuno parlava, ma sulla faccia dei conoscenti si poteva leggere la domanda: «Tu con chi stai?» Solo pochi dichiaravano di stare con Corso, tanti, però, avevano già fatto quella scelta, anche fra i suoi, i seguaci dei Cerchi. Chi non tradiva, preparava la fuga. I primi a scappare erano i ricchi. Ritiravano i depositi dai banchi, liquidavano le azioni delle compagnie, svendevano gli immobili e tutto ciò che non era trasportabile e lasciavano la città. Cortei di cavalcature cariche di casse, i servi a piedi e i familiari sui carri, prendevano la strada di Arezzo o di Pistoia. Correva voce che Vieri avesse portato con sé seicentomila fiorini d'oro. Con quella cifra, Arezzo se la sarebbe potuta comprare! Lui non aveva niente da ritirare al banco, nessuna attività da liquidare; osservava disgustato la viltà dei capi e cercava di capire come dovesse comportarsi un uomo d'onore.

Ci pensarono i nemici a decidere per lui. Era stato priore, e perciò lo inserirono nella lista degli avversari da processare. Aveva solo pochi giorni per mettersi in salvo.

Avrebbe dovuto darsi da fare, preparare la fuga, e invece era caduto nella più totale apatia. Passava gran parte della giornata seduto al tavolo di cucina con lo sguardo perso nel vuoto.

A volte si riscuoteva e usciva per le strade in cerca non sapeva neppure di cosa: i passanti lo scansavano come un appestato. Solo Manetto gli aveva aperto la porta di casa. Più che parlare, erano rimasti in silenzio davanti al camino acceso.

Manetto era imbarazzato. I Portinari, benché legati ai Cerchi, non erano esposti pubblicamente e perciò Manetto aveva la fondata speranza di restarne fuori. Provava a rincuorarlo dicendogli che, se anche fosse successo, sarebbe stato un esilio di breve durata: si sapeva come andavano quelle faccende, in quel caso, poi – aveva aggiunto con una punta di amarezza –, le famiglie dei suoi amici erano troppo ricche e potenti perché non si arrivasse a un accomodamento.

La ricchezza dei Portinari se l'era ingoiata l'ospedale di Santa Maria Nuova.

Mentre sedeva in cucina con gli occhi socchiusi gli capitava di rivedere Guido. Se fosse stato ancora vivo, anche Guido sarebbe stato bandito. Corso l'odiava, non l'avrebbe certo risparmiato. E allora sarebbero potuti fuggire insieme, magari a Bologna. Là lo avrebbe convinto della grandezza dei poeti antichi, Guido gli avrebbe presentato i suoi amici medici e filosofi. Con Guido, l'esilio avrebbe potuto trasformarsi in una festa...

Gemma, invece, era in continuo movimento. La vedeva togliere la biancheria dai cassoni, accumulare il vasellame, riporre sulle panche i vestiti di pregio. Dopo di che infilava il tutto in grandi sacchi di tela. Più volte al giorno i servi dei Riccomanni venivano a prenderli. Certissima che il popolaccio avrebbe saccheggiato la casa, Gemma si era accordata con Tana: nel fondaco dei Riccomanni i loro averi sarebbero stati al sicuro.

Aveva deciso da sola e da sola metteva in pratica la sua decisione.

La sera prima della partenza le aveva chiesto:

«Sei proprio sicura di voler restare?»

Da giorni insisteva perché lei e i bambini andassero con lui. Come avrebbe fatto ad alloggiarli e mantenerli, non lo sapeva proprio. Però non si rassegnava all'idea di non vederli chissà per quanto tempo.

«Marito mio» gli aveva risposto, «non dimenticare che sono una Donati. Nessuno avrà il coraggio di toccarci.»

Aveva ragione.

Era uscito di casa che albeggiava appena.

Quella notte avevano fatto l'amore. Si erano amati con tenerezza, e dopo avevano parlato a lungo. Mai, prima, si erano confidati tanti segreti, mai avevano condiviso tanti ricordi. Lei gli aveva confessato di non essere gelosa delle poesie che scriveva per le altre donne. Sapeva bene chi lui amasse veramente.

«Cosa credi, vicino a te, anch'io ho capito qualcosa della poesia.»

Stavano per alzarsi dal letto e Gemma, accarezzandogli i capelli, gli aveva detto:

«Marito mio, che con la politica non avresti fatto i soldi ero più che sicura. Ma sei riuscito a stupirmi lo stesso: non prevedevo proprio che ci avresti rovinati».

Ci avevano riso sopra.

Ogni volta che quella frase gli tornava in mente si commuoveva: con quanto tatto gli aveva comunicato che lo perdonava.

Sulla soglia di casa Franceschino gli aveva allungato una borsa di monete. Era pesante. Il suo caro fratello doveva essersi indebitato fino al collo. Giovannino lo aveva abbracciato, i piccoli Pietro e Iacopo dormivano ancora.

Dalla porta spalancata della Badia usciva un chiarore di candele. Anche il portone del Palazzo del Podestà, a due passi, era spalancato. Gli sbirri non perdevano tempo.

Nel gelo mattutino di dicembre, avvolto nel mantello rosso di lana, si era incamminato a piedi per la strada di Arezzo. Decine e decine di sbanditi la percorrevano insieme a lui.

2

Era crollato tutto, ma gli restava la *Commedia*. Da quando aveva realmente capito cosa fosse, quel poema a cui lavorava da anni gli appariva l'unica roccaforte solida e potente in un mondo che andava in pezzi. C'era voluta la morte, no, l'assassinio dell'imperatore perché lui capisse.

Per due anni e più non ci aveva quasi messo mano. Aveva riservato tutte le sue energie all'impero. Ogni altra cosa passava in secondo piano rispetto a quella lotta che avrebbe cambiato il mondo, e pure la sua sorte personale. Poi, mentre partecipava nella più nera disperazione alle solenni esequie di Arrigo nel duomo di Pisa – era il settembre dell'anno prima –, all'improvviso ecco la luce. Si era messo a piangere senza ritegno. I pochi compagni d'esilio che invece di darsi alla fuga erano rimasti a onorare l'imperatore lo guardavano con aria di compatimento: non si aspettavano che uno come lui si lasciasse andare in quel modo. Non potevano sapere che lui piangeva di gioia. Non era la prima volta nella sua vita che una repentina illuminazione squarciava le tenebre e gli svelava la strada del futuro. Era la prima volta, però, che lui aveva percepito con assoluta certezza che quella luce veniva dall'alto, veniva da Dio. La lotta non era finita, toccava a lui portare a compimento l'impresa di Arrigo.

A Mulazzo, si era buttato sul poema con frenesia. Prima di partire per Verona voleva portare a termine il *Purgatorio*. La salita del monte era quasi alla fine, stava per entrare nel paradiso terrestre...

Quel viaggio nell'aldilà era più di una consolazione, era la prova che la sua vita aveva un senso e uno scopo.

Fosse dipeso da lui, né dell'uno né dell'altro avrebbe mai avuto consapevolezza. La mente umana tutt'al più può intuire quanto siano intricate le vie del Signore, ma se la Grazia non gliela rivela, non potrà mai comprendere a quale suprema razionalità quell'intrico risponda. Un dono, ma più angoscioso di una condanna. Ti colma espropriandoti...

Quando aveva concepito l'idea di una visione viveva ancora a Firenze, era stato eletto priore, era al culmine della sua carriera politica. Voleva insegnare ai suoi concittadini a vivere in pace; pochi mesi dopo, i fiorentini avrebbero scatenato una guerra civile. La sua era solo ambizione: li avrebbe stupiti, lo avrebbero acclamato maestro di Firenze, il Brunetto Latini redivivo. Si trovava proprio lì dov'era adesso, esule in val di Magra, quando alcuni anni dopo aveva dato corpo a quell'idea e si era sprofondato all'inferno. Inferno, purgatorio, paradiso... un viaggio verso la salvezza. Così proclamava, sapendo bene, però, quale salvezza andasse cercando mentre raccontava i suoi incontri con le anime dannate. Voleva farsi perdonare. Canto dopo canto comunicava ai fiorentini che l'avevano bandito: sono uno di voi, sono ancora l'uomo di Campaldino, disprezzo ancora i ghibellini, fatemi ritornare. Tradiva le sue convinzioni, i suoi compagni di sventura.

L'arrivo miracoloso del grande Arrigo gli aveva restituito la dignità.

Ma Arrigo giaceva in un sarcofago nel duomo di Pisa e lui, solo come un cane, batteva i denti in un castellaccio della Lunigiana. Quale catena di miserie, di illusioni, di viltà, di sogni legava i pezzi di quel suo poema! Sì, in paradiso ci sarebbe comunque arrivato, ma come un pellegrino che, camminando alla cieca per strade sconosciute, casualmente raggiunge la meta, incapace, però, di riferire quale percorso abbia seguito.

E adesso la Grazia divina aveva illuminato ogni tappa e connesso i singoli anelli in una catena gloriosa. Aveva deciso di non intitolarlo più commedia, ma poema sacro.

Nell'Eden finalmente avrebbe incontrato Beatrice.

Con la memoria di quella santa si era rappacificato da tempo. Da tempo Beatrice occupava un posto insostituibile nella sua vita e nel suo poema. E pensare che era quasi giunto a ripudiarla! Una cosa però lo sconcertava, che a ricondurlo a lei fosse stata proprio Gemma.

Nella primavera del 1306, cacciato dai guelfi neri di Bologna, aveva trovato ospitalità presso i marchesi Malaspina in Lunigiana.
 Che giorni cupi, quelli! Tra i più angosciosi della sua vita disgraziata.
 Scacciato da un giorno all'altro, senza sapere dove andare, come sostentare la famiglia. Così solo e impotente non si era mai ritrovato.
 Poi si era mosso Cino, un amico vero. Cino era autorevole, rispettato, pieno di relazioni che contano, e soprattutto era un guelfo «nero», legato a filo doppio ai suoi nemici di Firenze. E però le divergenze politiche mai avevano incrinato la loro amicizia. Anche perché Cino era un guelfo che parteggiava per l'impero.
 Chissà dov'era adesso il suo caro Cino. Non si scrivevano da molto tempo. Gli avevano riferito che si era schierato con la Chiesa. Ciò lo addolorava. Anche Cino seguiva la corrente, come tutti, pensava alla carriera.
 Quella primavera, però, Cino lo aveva salvato. Aveva parlato di lui al marchese Moroello, capitano dell'esercito fiorentino, e lo aveva convinto a prendersi a cuore la sua causa. Moroello aveva parlato con Corso Donati, capo effettivo di Firenze, e gli aveva

estorto la promessa che si sarebbe attivato. Corso era stato di parola, e così poco dopo Gemma, sua lontana parente, era potuta rientrare in città.

C'era un prezzo da pagare, tuttavia, e lui lo aveva pagato fino all'ultimo centesimo. Si era umiliato al punto di scrivere una lettera ai governanti di Firenze nella quale condannava la sua passata alleanza con i ghibellini fuorusciti e chiedeva perdono dei torti fatti alla sua patria. Nessuno scritto gli era mai costato tanto. Lui, esiliato senza colpa, si riconosceva colpevole: ogni frase, ogni parola era una ferita alla sua dignità. Ancor più gli bruciava scrivere il falso, simulare un pentimento che non provava affatto. Aveva calpestato il suo onore con i propri piedi.

E comunque la lettera l'aveva spedita. Non gli restò che aspettare le reazioni dei fiorentini. Quelle dei suoi vecchi compagni di lotta non si erano fatte attendere: nelle città ghibelline di Toscana e Romagna il suo nome era diventato sinonimo di traditore.

Anche la prima volta l'impatto con la Lunigiana, dopo il lungo soggiorno nella città più dotta d'Italia, era stato duro. I marchesi Franceschino e Moroello erano cortesi e affabili, non facevano pesare la loro ospitalità, ma, uomini d'arme, non brillavano certo per cultura. Interrotti di colpo gli studi filosofici, lui si era ritrovato fra caprai e boscaioli che lo guardavano sospettosi come se fosse un mago.

Una mattina – stava ancora aspettando un qualche segno di pace da Firenze – Moroello, appena ritornato da uno dei suoi soggiorni in quella città, lo aveva fatto chiamare. Aveva l'aria gioviale e compiaciuta di chi sta per fare una piacevole sorpresa. In mano teneva un quadernetto.

Lo riconobbe al primo sguardo.

Moroello disse che Dino Frescobaldi gli aveva chiesto di consegnarglielo.

Pensò subito che fosse stata un'idea di Gemma. Lei sola sapeva dove quel quadernetto era nascosto.

Il giorno prima della sua fuga da Firenze l'aveva vista armeggiare intorno a un piccolo forziere. Vi riponeva gli oggetti di maggior valore e i documenti delle loro proprietà. L'avrebbe custodito frate Bernardo, il figlio di Tana, francescano in Santa Croce. Si era avvicinata porgendogli un quadernetto, quel quadernetto, e gli aveva chiesto:

«Lo porti con te, questo?»

«No» aveva risposto con un sorriso amaro, «conservalo per tempi migliori.»

Su quei fogli erano scritti i primi canti della visione da lui concepita per ammaestrare i fiorentini alle virtù civiche.

Che lungimiranza, si diceva osservando il fascicolo che Moroello festosamente gli sventolava davanti.

«Ho letto, ho letto» ripeteva Moroello. «Mio caro Dante, lascia che un vecchio soldato si complimenti con te. Bella invenzione, bellissimi versi...»

Non gli lasciava nemmeno il tempo di ringraziare.

«E adesso, continua... scrivi ancora, è un ordine. Ti ordino di regalarmi questo bellissimo poema.»

E lui aveva ripreso a scrivere. Un po' per compiacere Moroello, solleticato dall'idea di affiancare a quello di condottiero anche il titolo di mecenate delle lettere; molto per fornire argomenti a Corso nella sua opera di mediatore. Non vedete, avrebbe potuto dire Corso, è un Bianco, sì, ma guelfo e antighibellino, è uno di noi.

Beninteso, queste erano le motivazioni che si dava allora, prima che la Grazia lo illuminasse.

Quali che fossero le sue motivazioni, da quel momento la sua vita era cambiata: povero, ramingo, disgraziato, ma a testa alta, con la dignità che gli veniva dall'essere sicuro del proprio valore. Anche di questo doveva ringraziare il Signore.

La luce divina, però, non aveva rischiarato il ruolo di Gemma.

Beatrice beata era uno dei fulcri del poema, il pellegrinaggio attraverso i regni dell'aldilà aveva in lei la sua meta. Era un fatto, dunque, che Gemma, resuscitando in lui la voglia di scrivere, lo aveva ricondotto a Beatrice. Tuttavia, per quanto si interrogasse, non riusciva a decifrare quale trama del progetto divino prevedesse l'alleanza di quelle donne un tempo rivali. Aveva forse immaginato una rivalità che non esisteva? Era il segno che nell'ordine imposto alla sua vita le inimicizie, le contese, chissà, perfino gli odi, alla fine si ricomponevano a un livello più alto? Non aveva ancora raggiunto la chiaroveggenza necessaria per comprendere certi misteri. «State contenti, umana gente...»

3

Nella sua stanzetta solitaria scriveva con le dita intirizzite. Tremava, ma un fuoco interiore lo riscaldava. Il suo Dante pellegrino presto avrebbe incontrato Beatrice. Mentalmente se l'era dipinta in ogni particolare: sfolgorante, ieratica, lontana nella sua beatitudine. Ma non poteva impedirsi di intravedere dietro ai tratti della santa trionfante quelli della dama malinconica conosciuta in gioventù.

I ricordi, cancellati per tanti anni, adesso riaffioravano sempre più insistenti. E insieme alla Beatrice di allora, tornavano alla memoria i versi che componeva a Firenze per gli amici poeti:

> *Guido, i' vorrei che tu e Lapo ed io*
> *fossimo presi per incantamento...*

Guido, Firenze, la giovinezza: gli anni della vera felicità! Quello era un vero incantamento...

Da una delle finestrelle di quel castellaccio osservava la vallata nascosta sotto una coltre di nebbia e intanto si sorprendeva a recitare sottovoce le poesie di Cavalcanti. La pastorella dai capelli biondetti e ricciutelli «cantava come fosse 'namorata»; gli sembrava quasi di vederla, come vedeva la Mandetta di Tolosa:

> *donna m'apparve accordellata istretta,*
> *Amor la qual chiamava la Mandetta.*

E mentre lo sguardo si perdeva tra le brume del fondovalle e le cime nascoste tra le nubi cariche di pioggia la sua lingua mormorava:

> *Fresca rosa novella,*
> *piacente primavera,*
> *per prata e per rivera*
> *gaiamente cantando.*

Primavera! Era uno dei nomi con i quali Guido nelle sue poesie chiamava Vanna. Anche lui, nella *Vita Nova*, l'aveva chiamata Primavera, ma a Guido la cosa non era piaciuta, e giustamente.

La *Vita Nova* era stata un successo. A Firenze lo avevano acclamato nuovo astro della poesia. Nessuno si era scandalizzato del fatto che lui raccontasse di avere visto l'anima di Bice Portinari salire in Cielo. Forse perché, nonostante san Paolo, non l'avevano capito; più probabilmente, perché l'avevano presa per una fantasia, un'invenzione poetica. E lui che aveva paura di passare per un esaltato, un pazzo o, peggio ancora, per un millantatore. I lettori erano stati più lucidi. Perché lui era proprio un esaltato, ma in buona fede, non un millantatore. Aveva visto una nuvola strana, aveva seguitato a ripetersi negli anni, niente più che una nuvola strana. E però aveva resistito ad ammettere che la sua non era stata soltanto una allucinazione. Fino a che la Grazia non aveva fatto chiarezza... Ma come aveva potuto pensare che il Signore gli avesse regalato il dono della visionarietà affinché se ne facesse bello con le dame e i cavalieri di Firenze? Spudorata presunzione giovanile! Aveva provato sulla sua pelle come essere prescelti sia una condanna. Spogliato, schernito, crocefisso: solo chi ha tutto perduto può gridare forte la verità. Eppure le sue favole giovanili, folli e blasfeme, erano esse pure necessarie, perché anche l'aberrazione ha un senso nel piano divino. La feroce ironia di Guido colpiva solo le apparenze. Guido non era uomo di fede.

Benché glielo avesse dedicato, aveva previsto che a Guido quel libro non sarebbe piaciuto. E così fu. Non aveva previsto, invece, che Guido l'avrebbe buttata sullo scherzo. Si aspettava che l'amico confutasse punto per punto, testi medici e filosofici alla mano, le sue idee sull'amore e gli slanci mistici del racconto, e invece, con un sorrisetto quasi divertito, Guido si era limitato a dire: «Graziose le tue favolette da preti». Da allora aveva cominciato a chiamarlo Dantino il teologo. Si era sentito umiliato. Guido non gli concedeva neppure l'onore di un duello alla pari.

Guido si era risentito del fatto che avesse paragonato lui al Battista e sé stesso al Messia. Non direttamente, ma comunque in modo perspicuo. Aveva raccontato di quel Calendimaggio in cui a Santa Trinita aveva visto Bice mascherata da Cupido e Vanna da paggio. Vanna, aveva scritto, precedeva Bice, e partendo da ciò si era messo a disquisire sul significato del nome della donna amata da Guido. Vanna, cioè Giovanna, deriva da Giovanni, colui che precedette la vera luce di Cristo; l'altro nome della donna, Primavera, cioè prima verrà, sta a significare che essa aveva preceduto l'arrivo di Beatrice. Insomma, trincerandosi dietro lo schermo delle rispettive amate, ma con notevole sfrontatezza, aveva scritto che Guido era stato il suo Giovanni Battista, il suo maestro e precursore, e che lui, come il Messia, lo aveva superato.

Guido si era risentito.

«Dantino» gli aveva detto, «gli dèi più ambiziosi uccidevano il padre, non il fratello.»

E poi, come gli capitava di fare, non gli aveva lasciato il tempo per una replica: se n'era andato scuotendo la testa.

La *Vita Nova* aveva inferto a entrambi numerose ferite, ma non intaccato la loro amicizia. Questa si sarebbe rotta, e per sempre, pochi mesi dopo. A dividerli non sarebbe stata la poesia, ma la politica.

Dalla politica si era sempre tenuto lontano. Lo disgustava lo spettacolo dei maneggi, degli intrighi, dei tradimenti offerto dai politici cittadini, persone di vilissimo conio disposte a tutto pur di corrompere e rubare sotto lo scudo della legge. Arraffavano a man bassa con il bene comune sulla bocca, pronti, a loro dire, a sacrificare la vita per la libertà fiorentina. Lui era di un'altra tempra. Mai avrebbe dirottato il benché minimo rivolo di risorse pubbliche verso la sua casa. E poi comprendeva che, privo com'era di sostanze e di relazioni, nella lotta per il potere non sarebbe stato che una pedina, niente più che un vassallo dei capiparte che guidavano il gioco disponendo della vita e dei pensieri dei loro accoliti.

Guido la pensava esattamente come lui, era un magnate che disprezzava i magnati. Capitava spesso che, dopo aver incrociato per strada uno di quei politicanti, sbottasse:

«Dantino, non sprecare il tuo ingegno con questi tangheri».

Magistrati o uomini di partito, per lui erano tutti uguali. Guido non conosceva le mezze misure. Anche per questo lo ammirava. Erano fratelli in tutto, loro due.

E però dopo la morte di ser Brunetto lui aveva cominciato ad accarezzare un sogno che mai aveva confessato al suo amico: essere riconosciuto come il solo erede di quel maestro, diventare lui la massima autorità morale e culturale di Firenze e, da quell'altezza, indirizzare i concittadini sulla strada della virtù. Sapeva però che anche il nuovo Brunetto, come il vecchio, avrebbe dovuto essere uomo di Comune, e per questo non si era confidato con Guido.

Con la *Vita Nova* si sarebbe giocato quasi tutte le sue carte. Trepidava mentre attendeva le reazioni dei primi lettori. Era in ansia perché temeva che le visioni, per quanto accennate o anche solo annunciate, potessero essere male intese, e invece della fama di saggio gli venisse affibbiata la nomea di stravagante, per di più presuntuoso. Così non fu, quasi subito il suo nome cominciò a correre con lode sulle bocche dei fiorentini.

Adesso ricordava con compatimento la sensazione di onnipotenza con la quale per strada accoglieva le congratulazioni di perfetti sconosciuti. Si vergognava ancora ad ammettere che per ore e ore si aggirava per le vie di Firenze all'unico scopo di essere fermato dai passanti e di potersi schermire, ostentando imbarazzo, dai loro elogi tanto, troppo generosi.

Perciò non si stupì quando, il 15 luglio 1295, Vieri dei Cerchi, il capo riconosciuto della fazione guelfa in lotta con quella capeggiata da Corso Donati, lo invitò a raggiungerlo nella sua casa perché desiderava parlargli.

Nella vita di un uomo ci sono date impresse a fuoco sulla carne. Il 15 luglio 1295 lo aveva marchiato per il resto dei suoi giorni. Allora non poteva saperlo, ma proprio quel giorno era cominciata la sua via crucis.

Camminando verso la torre che era stata dei conti Guidi non l'aveva nemmeno sfiorato il pensiero che i Cerchi stessero profanando quella dimora. Ripeteva dentro di sé le parole con le quali, in modo decoroso, con urbanità e modestia, avrebbe accettato l'onore che Vieri si degnava di fargli. Perché era sicuro che Vieri gli avrebbe proposto un incarico prestigioso: capo della cancelleria, come già Brunetto? Lui non era notaio, è vero, ma la sua conoscenza del latino non aveva l'eguale in città, le sue doti di scrittore, poi, erano più che acclarate... Capo, così d'acchito, forse era troppo; il ruolo di vice, intanto, era sicuramente più adatto per una prima nomina.

Vieri l'aveva presa alla lontana.

Parlava con voce suadente e con un gesticolare pacato. Ogni tanto, senza interrompersi, da una brocca gli versava un vinello bianco frizzante in una coppa d'argento.

Lui aveva apprezzato come gesto sommamente elegante che non avesse fatto parola del suo fresco successo letterario. Avrebbe dovuto imparare come ci si comporta in quegli ambienti.

Prendendo spunto dal fatto che quella era proprio una bellissima giornata, Vieri aveva osservato, con un sospiro, che tuttavia nuvole nere si addensavano sulla città. Nubi minacciose. La situazione era piena di insidie. Il partito non era mai stato coeso, ma adesso rischiava di spaccarsi in due fazioni ostili. Colpa della politica giusta, ma troppo, troppo radicale di quel brav'uomo di Giano della Bella. Sì, dopo la fuga di Giano, ben triste episodio, ma, si sa, il popolo è volubile e soprattutto incapace di riconoscere i suoi amici, dopo la fuga di Giano le leggi contro i magnati erano state temperate, ma restava pur sempre il divieto a magnati e cavalieri di accedere alle cariche pubbliche. Saggio divieto, che però infiammava gli animi, attizzava rancori, divideva la stessa parte guelfa. Lui riteneva di essere ancora in grado di influire su molti membri del partito, di mantenerli su posizioni ragionevoli, ma era chiaro ormai che quell'ambizioso di Corso puntava a esasperare gli animi. La storia insegnava che quando le persone altolocate entravano in rotta di collisione, a Firenze finiva sempre in tragedia. Ecco perché i cittadini dotati di senno e di un po' di autorevolezza dovevano impegnarsi a placare gli animi, a perorare il compromesso. In quel frangente erano più che mai necessari equilibrio e saggezza. Equilibrio e saggezza di cui lui, Dante, aveva dato ampie prove. E dunque si dedicasse al bene pubblico, partecipasse attivamente alla vita politica. Vieri contava su di lui. Se, come sperava, avesse accettato il suo invito, lo avrebbe aiutato a muovere i primi passi in un mondo che gli era ignoto. L'importante era mettersi alla prova con lo spirito giusto, spirito di servizio. E lui era certo che in Dante quello spirito abbondava. Acconsentisse a servire la propria città: Firenze intera, e non solo lui e i suoi amici, gli sarebbe stata riconoscente.

Vieri gli aveva chiesto di diventare un suo uomo, di arruolarsi nella sua fazione. E lui, senza troppi giri di parole, aveva risposto di sì, che era pronto.

Aveva accettato di farsi uomo di parte pensando in cuor suo che quello fosse solo l'inizio, il passo necessario per diventare un giorno uomo di pace al di sopra delle parti. Lo pensava sinceramente? Aveva ceduto all'ingenuità o alla vanità? Si era macerato su queste domande, ora assolvendosi, più spesso incolpandosi. Si era dibattuto perché, per troppo tempo, non aveva percepito la stretta della mano invisibile che guidava la sua vita. Adesso però sapeva che tutto doveva essere consumato, che a gridare la verità ai popoli era chiamato soltanto chi per anni si fosse rotolato nel fango della menzogna, continuando in cuor suo a distinguere il bene dal male. Quello era un segno di predestinazione, quello era *il* segno. Quasi vent'anni di sbagli, di illusioni, di sconfitte gli avevano meritato quel privilegio.

4

Le leggi di Giano non lo toccavano. Mica era un magnate, lui. E però c'era lo scoglio dell'affiliazione a un'Arte. La legge era tassativa: per accedere alle cariche pubbliche bisognava essere iscritti a una corporazione. Sottostare a quell'obbligo gli era molto penoso. Non solo giudicava le Arti associazioni perniciose per i valori civici, nient'altro che una congrega di affaristi convinti che la felicità umana consistesse nel fare soldi, ma sempre, in casa e fuori, aveva dichiarato che mai e poi mai si sarebbe abbassato a farne parte. Perseguiva ben altra felicità, lui, valori che non si comprano e non si vendono. Immaginava quale sconcerto la sua resa avrebbe suscitato, le derisioni alle quali sarebbe andato incontro, gli scherni delle tante persone che si erano sentite offese dalle sue dichiarazioni sferzanti. La tentazione di rimangiarsi la parola data a Vieri era forte, nasceva dalla vergogna.

Adesso era proprio il tipo di vergogna provata allora a farlo inorridire: si vergognava che a renderlo esitante non fossero stati il dover infangare la sua dignità di filosofo e di uomo d'onore, ma la paura di ciò che gli altri avrebbero detto o pensato di lui. E comunque, altro fatto che adesso lo angustiava, anche la sua ignobile esitazione era stata di breve durata. Il mattino successivo al colloquio con Vieri, di buon'ora, era andato a immatricolarsi nella sede dell'Arte dei medici e degli speziali.

All'uscita, se l'era trovato davanti. In piedi, sul lato opposto della strada, Guido lo stava aspettando. Qualcuno lo aveva avvisato. Lo vide attraversare a grandi falcate. Si piazzò a poche spanne da lui, cominciò a parlare, senza un saluto, con voce tesa e irata. Nel tono vibrava una violenza a stento repressa.

«E bravo il mio Dante, eccolo qua il filosofo, il servitore delle Muse! Servitore, sì, a libro paga. C'è voluto poco, eh, il baluginio di un qualche incarichino, e giù nel fiume vent'anni di studi. Ma che tempra, ma che dignità! Cos'altro c'era da aspettarsi dal figlio di un usuraio di quartiere.»

Lui taceva, sconcertato. Incapace anche solo di abbozzare una replica. Guido l'intimidiva, sempre.

Anche Guido aveva smesso di parlare. Poi aveva ripreso. Non ingiuriava più, lo fissava negli occhi mentre con una voce commossa mormorava:

«La ferita di oggi non si rimarginerà mai più. È sempre doloroso il tradimento degli amici, ma tu non eri un amico, tu eri il mio amico...»

All'improvviso, ebbe uno scatto:

«Ti saluto, Dante Alighieri» proclamò con voce ferma e nuovamente adirata, «seguirò la tua luminosa carriera nel mondo del malaffare, ma a te non rivolgerò più la parola».

Giratosi, si allontanò a passi furiosi.

Lui era rimasto in silenzio. Aveva soffocato in gola le parole che gli si affollavano per uscire. Non ce la faceva proprio a litigare con Guido. Sarebbero state parole dure, definitive, perché l'unico sentimento che provava dentro di sé era di odio. Un odio bruciante, come bruciante era la delusione patita. Guido aveva calpestato la loro amicizia. Lo aveva fatto per invidia, per gelosia. Aveva percepito il livore rancoroso del magnate: quel figlio di nessuno, quella sua creatura, prima gli aveva rubato la gloria della lingua e adesso si preparava a sedere nei consessi che a lui erano negati.

Si era incamminato lentamente verso casa. Avrebbe voluto gridare, ma anche piangere. Lungo la strada si era calmato. Ogni tanto affiorava il pensiero che prima o poi Guido si sarebbe pentito, che la loro amicizia non era finita. Sì, il suo era stato uno sfogo dettato dal risentimento, ma non nei suoi confronti, nei confronti della città. Uno come Guido Cavalcanti, che già a vent'anni aveva servito il Comune in ruoli di grande prestigio, come poteva accettare in silenzio di essere bandito per legge da ogni incarico pubblico? Guido disprezzava i magnati, ma era pur sempre un magnate. Mai si sarebbe presentato a una elezione, mai si sarebbe dato alla politica, questo era certo, però era stato offeso nell'onore, andava capito. Anche Guido lo avrebbe capito e, prima o poi, lo avrebbe richiamato. Avrebbero ancora parlato di poesia, avrebbero ancora progettato un futuro felice per la loro disgraziata città.

A casa si era lasciato cadere su una sedia in cucina. Gemma si aggirava nervosamente per la stanza, cupa in volto. Erano loro due soli. Lui aveva altro per la testa che i malumori della moglie. Ogni tanto Gemma si avvicinava come volesse parlargli, ma poi tornava indietro. A fare cosa, non si capiva. Passava dal forno spento al camino spento, prendeva una brocca e poi la rimetteva là dove l'aveva presa, spostava e risistemava le seggiole del tavolo.

All'improvviso lo chiamò:

«Dante!»

Era in piedi davanti a lui.

«Che c'è?»

Non era proprio il momento adatto per fare conversazione.

«Perché ti sei messo con i nemici della mia famiglia?»

Lo aveva chiesto con una voce insieme dolente e irritata.

La tensione, la rabbia, il dolore che aveva tenuto chiusi dentro di sé mentre Guido parlava esplosero di colpo. Alzò la voce, cominciò a gridare:

«La tua famiglia? E cosa mai ha fatto per me la tua famiglia?»

Batteva i pugni sul tavolo.

«Sai cosa ha fatto, la tua grande famiglia? Si è degnata di darmi una moglie. Senza dote, eh, che si accontenti quell'accattone dell'Alighieri.»

La guardava con disprezzo, come fosse una serva di casa.

«Tu sei la loro elemosina, ecco cosa sei, sei un tozzo di pane gettato al povero.»

Gemma restava in silenzio. Lui invece era un fiume in piena.

Non sarà stato nobile come i Donati, diceva con voce alterata, ma era un uomo d'onore. Vieri lo aveva arruolato per Campaldino, Vieri lo rispettava, e non perché era sposato con Gemma Donati. Vieri credeva nel suo ingegno, ammirava la sua cultura. E lui non ne avrebbe tradito la fiducia; per lui la riconoscenza era sacra.

Gemma si lasciava investire da quello sfogo. Forse era intimorita, non lo aveva mai visto così fuori di sé. Forse lo compativa.

La passività di Gemma, il viso dal quale nulla traspariva attizzavano la sua rabbia.

Trascese, la ingiuriò, le diede della mangiapane a ufo.

Solo a quel punto Gemma aprì bocca. Con calma, quasi con distacco, disse:

«Tocca al marito mantenere la famiglia».

E poi, con un mezzo sorriso sulla faccia e con un tono tra il serio e lo scherzoso, soggiunse:

«Cerca almeno di portare a casa qualche fiorino. I tuoi nuovi amici ne hanno da buttare».

*

Al malaffare non si era dato. Di fiorini a casa non ne aveva portato nemmeno uno. Forse per questo non aveva fatto carriera. Per lunghi interminabili anni era stato usato, violentato: servo senza livrea, ma sempre servo. Ne aveva sprofondato il ricordo nei recessi più remoti della memoria. Ma anche dopo, dopo l'illuminazione, pur nella raggiunta consapevolezza che anche Cristo era stato schernito e deriso, non riusciva a ritornare a quegli anni senza sentirsi ancora umiliato, e a ogni singolo ricordo rattrappiva di vergogna. Non lo consolava il pensiero di non avere mai scalfito la sua onestà. Al contrario, arrivava perfino a dirsi che se, come tutti, avesse approfittato delle occasioni, non solo il corso della sua vita sarebbe stato diverso, ma quegli anni di galera avrebbero avuto un senso.

Anche Cristo doveva essersi smarrito, ma la sua passione non era durata cinque anni...

Lui aveva svenduto un bene molto più prezioso dell'onestà, aveva svenduto la dignità.

Lo spedivano nei collegi e nelle assemblee. Il suo eloquio aveva una eleganza sconosciuta agli altri consiglieri. Ma nei discorsi forbiti di suo c'era solo la retorica. Tutto, dai contenuti al momento in cui chiedere la parola, dalla scelta di chi attaccare a quella di chi sostenere, tutto era deciso da Vieri e dai suoi amici. Lui obbediva. Parlava del bene di Firenze pur sapendo che si trattava del bene di qualcuno di loro.

Ottenuto lo scopo, lo mettevano da parte finché non tornava nuovamente utile.

Ad Arezzo i compagni di esilio gli avrebbero poi rivelato che i capi del partito lo consideravano un cretino, un vanesio felice di esibirsi senza capire a cosa i suoi bei discorsi servissero. E invece lui capiva, capiva ma si avvoltolava nella melma, e perché poi? L'obiettivo di diventare il nuovo Brunetto per altezza di ingegno ben presto gli era parso irraggiungibile. Gli sarebbe bastato molto meno: ecco, un incarichino, come aveva detto Guido, giusto per non svilire la sua immagine pubblica. Era davvero un vanesio? Forse la politica gli era entrata nel sangue. Forse c'entrava proprio Guido.

Era stato di parola il Cavalcanti. Non un gesto, non un saluto, mai. Per strada lo scansava, nelle feste e nelle riunioni fingeva di non vederlo. E lui non aveva nemmeno un successo da sbattergli in faccia... La vendetta gli dava la forza di perseverare. Avrebbe ingoiato i più fetidi bocconi, ma un giorno lo avrebbe convocato, da priore. E Guido avrebbe dovuto inchinarsi a quel Messia senza Battista. Lui, nient'altro che un ricco viziato poeta d'amore...

Quanto alla poesia, apparteneva a un'altra vita. Il gorgo dell'abiezione aveva risucchiato anche Beatrice.

Simone dei Bardi si era immediatamente risposato, e la nuova moglie gli sfornava un figlio all'anno. Sterile era Bice Portinari. In città si diceva che il comportamento tenuto da Simone nei suoi confronti non era stato del tutto privo di giustificazioni.

Aveva la sensazione che anche Bice lo avesse tradito. L'immagine che i fiorentini si stavano facendo di lei rischiava di togliere credibilità alla *Vita Nova*. Tanti patemi per un paio di visioni, e adesso una banale storia di figli non concepiti veniva a gettare un'ombra imprevista sul suo libro. Beatrice, comunque, lui l'aveva già messa da parte. Non c'era spazio per lei in quel suo nuovo mondo, così crudamente appiattito sul fare. Non si può intrigare per un appalto cercando nello stesso tempo le rime più dolci per un canto d'amore. Aveva fatto molto di più che estrometterla, aveva vinto il disinteresse per la poesia e aveva scritto alcune liriche per una donna crudele, immaginaria peraltro, nelle quali senza ritegni parlava di possesso fisico, di desideri animaleschi. Circolavano per Firenze; gli era capitato di captare commenti ironici del tipo: «Era ora, a trent'anni suonati il nostro mistico ha scoperto le donne!» A scriverle e, soprattutto, a diffonderle lo aveva spinto un impulso che sapeva molto di vendetta. Qualcosa lo spingeva a oltraggiare Beatrice. Ricordava bene che provava uno strano piacere nel compiere quel gesto. Non si può rinnegare il meglio di sé stessi senza cercare di svilirlo, insozzarlo. Se era una vendetta, si vendicava su di lei del fatto che la vita lo costringesse a dimenticarla.

5

Cinque anni, cinque anni di occhi chiusi, di omertà, di menzogne, e finalmente – già non ci sperava più – i capi decisero di farlo eleggere priore. Farlo eleggere, perché a Firenze i voti si compravano. La situazione in città era preoccupante, c'era bisogno di gente fedele. Non sarà stato un grande politico, ma prove di fedeltà lui ne aveva date a iosa.

La mattina del 15 giugno 1300, dopo la messa solenne, scortati dalle guardie del podestà, i nuovi priori sfilavano da San Giovanni alla casa nella quale sarebbero rimasti rinchiusi per due mesi senza uscire, neppure di notte. Faceva caldo, ma lui indossava un mantello rosso di lana finissima acquistato per l'occasione. Franceschino era stato felice di indebitarsi affinché il grande fratello facesse la sua bella figura. Camminava eretto, vincendo la sua tendenza a incurvarsi, sul volto il sorriso composto che si addice a un reggitore di città, e ogni tanto con la mano rispondeva, un gesto quasi impercettibile, ai saluti dei conoscenti inframmezzati alla piccola folla di curiosi che faceva ala al corteo. Era soddisfatto e orgoglioso di sé: la sua non era stata una carriera sfolgorante, ma quanti altri figli di un piccolo cambiavalute sarebbero arrivati là dove lui era arrivato con le sue sole forze?

Come Vieri aveva previsto, la lotta politica stava degenerando: ogni giorno una lite, uno scontro, ferimenti e danneggiamenti ai beni degli avversari.

I priori erano insediati da una settimana appena quando un episodio di estrema gravità venne a rovinare la festa di San Giovanni. La vigilia, i membri delle Arti in processione portavano le offerte tradizionali della Firenze operosa al santo protettore. I consoli, in testa alla sfilata, arrivati sulla piazza furono investiti da una valanga di contumelie lanciate da un folto gruppo di magnati, sostenuti dai clienti e dai servi. Li accusavano di averli estromessi dal governo della città. Erano stati loro, gridavano, magnati e cavalieri, a sconfiggere i ghibellini a Campaldino. Era stata la cavalleria, fatta tutta di magnati e cavalieri, a procurare la vittoria. E le Arti li avevano ringraziati trattandoli come nemici della patria. «Vergogna, vergogna...» urlavano sempre più eccitati, «furfanti, gaglioffi, ribaldi...» Ben presto dagli insulti passarono ai fatti: assalirono il corteo con fruste e bastoni. Nessuno fu ucciso, ma dal lungo parapiglia che ne seguì molti uscirono malconci.

A organizzare la gazzarra era stato il partito dei Donati. Tra i facinorosi, però, c'erano anche cavalieri che non aderivano a quella fazione e, cosa assai preoccupante, non mancavano simpatizzanti dei Cerchi. L'assemblea dei Savi, subito convocata, chiese al collegio dei priori di adottare misure immediate: colpire con durezza entrambi gli schieramenti, ma in misura equanime, in modo da bloccare sul nascere ogni tentativo di speculare sull'episodio fomentando ulteriori disordini. Dopo una rapida discussione, i priori decisero all'unanimità di infliggere il confino, in località distinte e lontane, a otto donateschi e altrettanti cerchieschi. Le cose andarono diversamente quando si trattò di individuare i nomi dei confinandi. Tutti d'accordo a colpire qualcuno, non di primo piano, della famiglia Cerchi e di quella Donati, ma sui restanti il disaccordo era totale. I maggiorenti avevano un bell'incitare a non guardare in faccia nessuno, che essi avrebbero garantito la loro incolumità nel futuro; ogni priore sapeva bene che si sarebbe inimicato per sempre le famiglie dei colpiti. Su ciascun nome la discussione era laboriosa, spesso tesa e accalorata; solo su un nome i suoi colleghi non avevano esitazioni, quello di Guido Cavalcanti.

Motivi per essere compreso nella lista dei facinorosi Guido ne aveva dati in quantità. Come tutta la sua famiglia, era schierato con i Cerchi, ma schierato non è parola applicabile ai comportamenti di un Guido Cavalcanti. Il suo carattere mai gli avrebbe consentito di far parte di qualsivoglia organizzazione, figuriamoci poi di un tanto disprezzato partito politico. Agiva d'impulso, senza calcolare le conseguenze. Non si sottraeva allo scontro, anche fisico, amava provocare, con un misto di ardimento e arroganza. Le regole per lui non esistevano.

Nel dibattito sulla scelta dei facinorosi da colpire

lui non si era tirato indietro. Aveva espresso la sua opinione con franchezza, senza riguardi per alcuno. Si era anche battuto affinché nella lista fosse compreso Simone dei Bardi, ma quello era un pezzo troppo grosso, e nessuno l'aveva seguito. Solo sul nome di Guido si era mostrato prudente.

Non voleva esiliare Guido: cercava una rivincita, non una vendetta. E poi aveva come la sensazione che la cacciata di Guido dalla città rappresentasse la sconfitta di tutto ciò in cui aveva creduto e, nonostante tutto, seguitava a credere. Percepiva oscuramente che con quel gesto l'egoismo del denaro celebrava la sua vittoria sulla cultura, la raffinatezza, la nobiltà d'animo. Come poteva esserne complice? Tuttavia le sue parole in difesa di Guido erano state molto misurate, quasi dubbiose; venendo da un uomo noto per la nettezza dei suoi giudizi avrebbero potuto essere interpretate come una difesa d'ufficio, un atto dovuto. Dovuto a una amicizia ben nota ai suoi colleghi di priorato. Pochi sapevano che i loro rapporti si erano interrotti da tempo. A Firenze lui e Guido erano conosciuti come due amici inseparabili. Ecco cosa lo metteva in imbarazzo. Come poteva perorarne la causa senza mettere a repentaglio l'immagine di uomo integerrimo a cui si era da tempo aggrappato come all'unico bene rimastogli?

La discussione sulla lista dei proscritti era durata per tutto il giorno. E per l'intera giornata lui non aveva fatto che pensare a come salvare Guido senza macchiare il suo onore. Verso sera erano pronti per votare il provvedimento. L'idea gli venne proprio all'ultimo momento. Con un nobile e accorato discorso, appellandosi alla giustizia, ma anche alla prudenza necessaria onde evitare recriminazioni e perfino vendette future, sostenne che prima di decidere avrebbero dovuto ascoltare le persone da bandire, alcune di esse avrebbero potuto avanzare buone ragioni perché non si procedesse nei loro confronti. Li convinse. Deliberarono di convocare per il giorno dopo tutti i candidati al confino.

Quella sera si era addormentato tranquillo e soddisfatto di sé.

Era sicuro che Guido, con l'eleganza del suo tratto e l'efficacia del suo eloquio, non avrebbe avuto difficoltà a sottrarsi al bando. Ma a che prezzo! Non avrebbe piatito, non avrebbe chiesto perdono, lo conosceva bene, ma proprio perché lo conosceva sapeva quanto gli avrebbe bruciato essere lì, a giustificarsi davanti a lui. Per Guido sarebbe stata una umiliazione più cocente dell'esilio stesso. Lui, l'uomo del malaffare, l'avrebbe ascoltato impassibile, con lo sguardo severo ma l'occhio sereno di chi amministra la giustizia. E alla fine lo avrebbe graziato.

Disteso sulla branda, al pensiero che la sua magnanimità per Guido sarebbe stata uno schiaffo, provava brividi di piacere.

Il mattino erano cominciate le udienze. Un paio di convocati li avevano persuasi che sarebbe stato ingiusto spedirli al confino, ed erano stati depennati.

Lui era molto sollevato dalla piega che le cose stavano prendendo. Aspettava l'arrivo di Guido.

Lo attesero fino a tarda sera, ma Guido non si presentò.

L'indomani avrebbero votato.

La notte non era riuscito a prendere sonno.

I colleghi russavano, distesi sulle brande sparpagliate qua e là nello stanzone dove di giorno si svolgevano i lavori. Faceva caldo e la finestra era spalancata. Dall'esterno arrivava il parlottio dell'armigero di guardia alla porta che si intratteneva con uno sconosciuto di passaggio.

Il chiarore della luna piena illuminava la volta.

Con gli occhi sbarrati fissava le commessure dei mattoni, e si ripeteva che non aveva niente di cui rimproverarsi. Guido se l'era voluta; lui aveva fatto di tutto per salvarlo. E però si rivoltolava senza trovare requie.

Nel pieno della notte si era assopito. In sogno o nel dormiveglia gli era apparso Guido. Lo guardava con l'aria disgustata con la quale si osserva un randagio crostoloso. Cominciò a parlare con quel suo tono leggero che rendeva ancor più sferzanti le parole:

«E bravo il figlio dell'usuraio, alla fine c'è riuscito a vendicarsi. Disposto a uccidermi pur di essere il primo!»

Lui si svegliò di soprassalto.

Agì d'impulso. Si avvolse nel mantello rosso e si avviò alla porta. Non aveva la presenza di spirito per pensare che, con il caldo che faceva, il mantello lo avrebbe reso ancor più visibile. Alla guardia farfugliò di un figlio ammalato e allungò un paio di soldi. Uscito, si diresse a passi veloci verso la casa dei Cavalcanti.

Stava commettendo una infrazione grave. Se riconosciuto, sarebbe stato espulso dal collegio, la sua carriera politica sarebbe finita, correva il rischio di un processo. Favoreggiamento di un imputato.

E a Guido cosa avrebbe detto? Non lo sapeva. Se gli avesse chiesto aiuto, cosa avrebbe promesso? Non lo sapeva. Era confuso, ogni tanto gli balenava per la testa un'idea folle: scappiamo insieme.

Nei vicoli non si era imbattuto in anima viva.

Il portone di casa Cavalcanti era chiuso. Dovette picchiare più volte prima che un servo gli venisse ad aprire. Disse che doveva subito parlare con il suo padrone per una questione di estrema importanza. Non avrebbe voluto rivelare il suo nome, ma il servo fu irremovibile: se non sapeva chi era, non lo avrebbe annunciato. Glielo disse e quello scomparve dietro la porta dello studio.

Erano cinque anni che non vi metteva piede.

Il servo ritornò dopo pochi istanti e gli annunciò che il padrone non era in casa. Da sotto la porta filtrava il chiarore di una lucerna.

Fu preso da un furore violento, diede una spallata al servo, mosse alcuni passi verso la porta chiusa. Ma poi si trattenne. No, non poteva essere lui a scongiurarlo di farsi salvare. Cos'altro pretendeva? Non gli bastava che lui mettesse a repentaglio il suo futuro? Chi credeva di essere quel figlio di sfruttatori, in nome di quale onorabilità si rifiutava perfino di ascoltarlo?

Durante il tragitto di ritorno, a poco a poco alla rabbia subentrò uno scoramento profondo. Si sentiva umiliato come mai prima. Se Guido voleva quel risultato, aveva vinto.

A letto tenne gli occhi sbarrati fino all'alba. Lottava contro un pensiero che affiorava insistente. Non era che lui aveva corso quei rischi solamente per essere assolto, per strappare a Guido un perdono preventivo?

Lo odiava ancora di più. Guido lo aveva messo di fronte alla sua viltà.

L'indomani il confino fu decretato con voto unanime.

6

Il paradiso terrestre è il luogo dell'eterna primavera. Una brezza leggera, di intensità e direzione costante, sommuove le fronde di una accogliente foresta con un soave sussurro. Un ruscelletto dalle acque più limpide del cristallo solca una distesa di prati verdissimi cosparsi di fiori multicolori. Una luce uniforme piove sulle cose dal cielo perennemente terso. La temperatura è mite, l'aria impregnata di profumi...

Queste immagini si affollavano nella sua testa mentre, nella buia stanzetta di quella casaccia sperduta tra le brume di Lunigiana, una coperta spinosa sulle spalle, disegnava mentalmente lo scenario nel quale sarebbe apparsa Beatrice.

Il paradiso terrestre è il luogo della giovinezza dell'umanità.

Il vecchio Moroello ogni tanto lo faceva chiamare. Lo trovava sempre nella stessa posizione, rannicchiato su uno scranno, seminascosto da una folta pelliccia, con il braciere, sotto, che esalava un forte odore di legno bruciato. Al suo ingresso si rianimava. Apriva gli occhi e lo guardava con malizia:

«Aspetta la primavera, aspetta che mi riprenda. Vedrai come arrostisco i tuoi amici ghibellini!»

La sua risata catarrosa si tramutava quasi subito in una cascata di violenti colpi di tosse che lo squassavano e lo lasciavano senza fiato. Un velo acquoso velava le pupille. Lui aspettava che la crisi fosse passata, e rispondeva:

«Per me, guelfi e ghibellini sono uguali».

«Hai ragione» ribatteva il marchese pulendo con la mano il muco che gli era scivolato sulla barba. «Ma io mi diverto di più ad arrostire i ghibellini.»

Negli ultimi giorni lui chiedeva se fossero arrivate notizie da Firenze.

«Nessuna nuova, buona nuova...» sentenziava Moroello. Voleva dirgli: stai tranquillo, la tua Gemma arriverà.

Firenze era il luogo della giovinezza...

Ci pensava sempre più spesso. Rivedeva la sua casa, risentiva la voce degli amici, gli tornavano alla memoria i versi d'amore che recitavano insieme... Gli occhi di Bice... due smeraldi scintillanti. Guido che lo chiamava Dantino... *Guido, i' vorrei che tu...*

Se scivolava nel dormiveglia, la prima ad apparirgli era la visione di sé in piedi davanti alla fossa dell'amico. Quella visione lo aveva ossessionato per anni e anni, ma adesso lo pacificava. Era diventata una sorta di colloquio con l'amico perduto e poi ritrovato. Eccomi, gli diceva nell'ultimo istante di lucidità, un attimo prima di perdere il contatto con il proprio corpo, sono ancora qua.

Cavalcanti era stato confinato a Sarzana. Poi le cose erano andate come erano andate. La malaria, Guido ammalato che chiede di rientrare, i priori, quelli eletti nella tornata successiva alla sua, che accordano il permesso. Guido ritorna nella sua casa in fin di vita e pochi giorni dopo muore.

Ne aveva seguito l'agonia attraverso il racconto di amici comuni. Se anche lo avesse chiesto, i Cavalcanti non gli avrebbero consentito di visitare il morente. Erano convinti che fosse lui il responsabile della triste fine del loro congiunto. Manifestavano perfino propositi di vendetta. E così Lapo Gianni veniva nella sua casa più volte al giorno e gli descriveva i progressi della febbre malarica e di come Guido, quell'uomo alto e imponente, fosse ormai ridotto a un fuscello, un passerotto implume.

Non seguì neppure il trasporto. Non sarebbe stato opportuno.

Per richiamare Guido ammalato i priori avevano dovuto richiamare anche gli altri confinati di parte cerchiesca, però non avevano amnistiato i donateschi. In realtà il gesto umanitario nei confronti di Guido era solo una scusa per compiere un atto di patente iniquità. I cerchieschi al potere non si lasciavano sfuggire nessuna occasione per colpire gli avversari. Questi si infuriarono, ma fu una furia impotente. Ne nacque una ridda di chiacchiere e insinuazioni. I donateschi sostenevano apertamente che era stato lui, decaduto da pochi giorni dalla carica di priore, a suggerire – ma alcuni arrivavano a dire a imporre – di richiamare i loro accoliti da Sarzana. Che aveva anteposto l'amicizia per Guido al bene della città. I più malevoli lasciavano intendere che le ricchezze dei Cavalcanti avevano acuito la sua sensibilità. In quella situazione, partecipare alle esequie avrebbe fornito ai suoi nemici ulteriori argomenti per denigrarlo.

La notte del funerale una improvvisa frenesia lo aveva buttato giù dal letto. Lì per lì non aveva capito che cosa lo agitasse tanto. Poi, di colpo, sentì, quasi un bisogno fisico, che non poteva separarsi per sempre da Guido senza compiere nemmeno un gesto. La notte agostana era molto calda, tuttavia, d'impulso, afferrò il mantello rosso di lana, vi si avvolse e uscì nel buio. Camminava rasente ai muri, con l'orecchio teso, come un ladro. Arrivato a Santa Reparata non ebbe difficoltà a individuare la tomba di Guido: un rettangolo scuro di terra smossa a ridosso dell'abside. La sagoma di una croce di legno spiccava contro il marmo bianco del basamento.

Non si inginocchiò, non disse alcuna preghiera. Guardava la tomba ai suoi piedi e lasciava che il cuore si sfogasse.

Dalla sua bocca muta uscì un profluvio di parole. Parole impastate di rancore.

Non sapeva perché si era spinto fin lì, certo non per rinfacciare a un povero morto i suoi torti. Eppure, non gli venivano altri pensieri che di rivalsa. Un rosario di accuse, una catena che si snodava anello dopo anello, sempre più astiosa, più ostile, più irata.

Gli enumerò a uno a uno tutti i torti che aveva subito da lui, tutti i gesti superbi con i quali lo aveva umiliato, i giudizi con i quali, per invidia, solo per invidia, aveva deprezzato le sue poesie, l'amicizia pelosa, come se frequentarlo non fosse che un trastullo, lo sfizio che un magnate poteva ben concedersi per gioco. Alighieri? Un diversivo, ecco, è così noiosa la vita di un ricco!

Si era scaldato, gesticolava nel buio.

Un gioco? Se così era, e così era, era un gioco crudele. Il piacere di ferire, di uccidere... E quale piacere più grande che farsi uccidere? Perché questo lui aveva cercato. L'aveva voluta, la morte, per addebitargliela. Pensi di uscire dal mio cono d'ombra, di liberarti di me? Pensi di essere un poeta migliore, di diventare qualcuno, tu che da me sei stato creato? No, Dantino, non sperare di affrancarti. Tu sarai mio finché avrai vita, io sarò il tuo eterno rimorso.

Senza rendersene conto stava effettivamente parlando. Il suono delle sue parole produceva strane vibrazioni nella notte.

Non poteva dargliela vinta. Guido non poteva dominarlo anche da morto.

Gli uscì un urlo strozzato:

«Ti odio, Guido, ti odierò per sempre».

Lui pure era stato di parola. Nei quattordici anni successivi ne aveva vissute di cose: l'esilio, la guerra contro Firenze, la mortificante richiesta di perdono, l'avventura esaltante di Arrigo... ma niente di tutto ciò aveva scalfito quel sentimento feroce, più duro del diamante.

Fosse morto soltanto tre o quattro mesi prima, avrebbe messo Guido all'inferno al posto del padre, ma in ogni caso aveva lasciato intendere chiaramente che nelle tombe infuocate degli eretici ci sarebbe finito. Dov'altro poteva essere stato dannato un miscredente che negava l'eternità dell'anima? Adesso provava vergogna e pietà di sé stesso, ma allora, mentre scriveva, godeva a infamarne la memoria. Non si era lasciato scappare nessuna occasione, nella speranza che laggiù tra le anime perdute Guido potesse vedere ciò che accadeva in terra e più che per i morsi del fuoco soffrisse per ciò che il suo vecchio amico scriveva di lui ai posteri. Non si era forse vantato di essere poeta più grande di Guido Guinizelli? Ebbene, che tutti sapessero che già era nato un poeta ancora più grande, che Dante Alighieri gli aveva tolto la gloria della lingua.

Il sogno era diventato un'ossessione: la fossa, lui in piedi, il grido nella notte... sempre uguale, sempre la stessa identica angoscia.

Poi la luce divina aveva disperso le tenebre... e da

alcuni mesi il sogno si era fatto consolatore. Un dolce, commovente colloquio con l'amico ritrovato...

Anche questa volta il Signore aveva scelto la strada della visione.

Era arrivato in Lunigiana da pochi giorni quando aveva sognato Guido.

Nel sogno, il servo dei Cavalcanti era riapparso dalla porta dello studio e gli aveva detto che il padrone lo aspettava. Guido gli si era fatto incontro e lo aveva abbracciato, un lungo stretto abbraccio senza parole. Poi si erano seduti ai due lati dello scrittoio, l'uno di fronte all'altro.

«So cosa vuoi chiedermi» aveva esordito Guido «ma la mia risposta è no.»

Parlava con voce pacata, un sorriso mite sul volto. Era come se si fossero lasciati il giorno prima.

«Non posso accettare. Non ne ho il potere.»

Lui stava per chiedergli chi glielo impedisse, ma Guido lo aveva preceduto:

«Lassù non vogliono».

Che a un ordine divino il suo amico non osasse opporsi, non lo aveva sorpreso. Sapeva bene quanto fosse religioso nell'intimo. Si chiedeva però perché Dio gli imponesse di rifiutare. Guido gli aveva letto nel pensiero.

«Dantino, io devo essere confinato.»

Aveva scandito devo.

«Devo essere confinato e devo morire.»

Dalle sue parole traspariva una grande pace interiore. La prospettiva dell'esilio e della morte non sembrava rattristarlo. Ma subito dopo aveva assunto un'espressione sofferente. La solita ruga gli solcava la fronte.

«Sono addolorato per te. È giusto che tu sappia. Anche tu sarai esiliato, dovrai essere esiliato.»

La notizia non lo aveva turbato. Si sentiva in perfetta sintonia con la serenità d'animo di Guido.

«Tu e io. È il nostro destino. Vedi, tutto deve essere consumato. Morire è necessario per rinascere.»

Colpito da un raggio del primo sole che penetrava dalla feritoia della sua cameretta si era svegliato con la sensazione di uscire non dal sonno ma da un bagno purificatore. Aveva una gran voglia di lasciare la stanzetta per ammirare i colori dell'alba.

Nei giorni successivi aveva pensato a lungo al messaggio di Guido, finché il senso non gli era apparso chiaro. Sì, tutto doveva essere consumato. Firenze si sarebbe rigenerata, non prima però di avere calpestato il meglio di sé. Guido Cavalcanti e Dante Alighieri erano il fiore della città. Avrebbero dato frutti, ma soltanto dopo la gelata dell'inverno.

7

Con la fantasia aveva viaggiato nel paradiso terrestre in lungo e in largo. Ne conosceva ogni angolo, ogni particolare. Era pronto a descrivere le erbette, i fiori, gli arboscelli, il suolo olezzante di profumi, l'aura dolce senza mutamento che faceva tremolare le fronde di una divina foresta, il sussurro delle foglie che accompagnava il canto degli uccelli. Si sarebbe inoltrato in quel mondo incantato fino ad arrivare a un fiumicello dalle acque limpide come nessun fiume può vantare sulla terra. Al di là del fiume sarebbe apparsa Beatrice.

Era pronto, poteva cominciare a scrivere.

Procedeva velocemente: le terzine si incatenavano le une alle altre con naturalezza, i versi si impregnavano dell'eterna felicità di quel luogo di perfezione.

In poco tempo era arrivato al fiumicello, al rio

> *che 'nver' sinistra con sue picciole onde*
> *piegava l'erba che 'n sua ripa uscìo.*

Era il Lete. Il fiume che dall'anima cancella perfino il

ricordo dei peccati. Per incontrare Beatrice l'avrebbe dovuto guadare.

Sarebbe stato molto più di un semplice guado. Nelle acque del fiume sarebbe rinato alla Grazia, sarebbe stato un secondo battesimo. Come quello di Cristo nella corrente del Giordano.

Nella cupola del Battistero di San Giovanni un mosaico rappresentava Cristo immerso nell'acqua fino al petto.

L'avrebbe mai rivisto il suo bel San Giovanni?

Firenze era stata il suo paradiso in terra. San Giovanni il fonte della gioia e della letizia familiare.

Ricordava a uno a uno i battesimi celebrati nella vasca dove lui stesso era stato proclamato cristiano: Giovannino, e poi Pietro, e poi Iacopo, e poi Antonia...

Antonia era la sua piccola. Non l'aveva vista crescere...

Presto sarebbero arrivati. Finalmente riuniti, gli Alighieri avrebbero trovato sull'Adige la loro nuova casa. Gemma aveva vinto.

Immaginava quali sarebbero state le prime parole di Antonia:

«Babbo, hai incontrato Beatrice?»

La bambina invidiava Beatrice.

«Che donna fortunata!» aveva esclamato una volta.

Era una dichiarazione d'amore per lui.

Cara, povera Antonia! Non era più una bambina, ormai era una donna in età da marito. Senza dote, in una città straniera, che ne sarebbe stato di lei?

Adesso avrebbe guadato quel fiume e ad Antonia avrebbe potuto rispondere con un sorriso complice: «Sì, l'ho incontrata».

Coi piè ristetti e con li occhi passai
di là dal fiumicello

Sull'altra riva la brezza accarezzava una selva odorosa di alberi in fiore. Beatrice gli sarebbe apparsa là. Lui, ripulito dal Lete anche delle più piccole scorie di peccato, ne avrebbe contemplato la visione sfolgorante con occhi risanati per sempre.

Ma chi sarebbe stato il suo Battista?

La domanda gli si era affacciata all'improvviso, e lo aveva lasciato sgomento.

Per giorni e giorni aveva elaborato mentalmente quella scenografia. Ne aveva valutato la coerenza narrativa, soppesato i complessi valori simbolici: tutto tornava, il grande incontro era definito in ogni suo particolare. E invece, non aveva considerato un elemento fondamentale. Il bagno nel Lete era un battesimo, e lui non avrebbe potuto battezzarsi da solo. Ci sarebbe voluto un ministro. Un Battista, appunto.

Era sconfortato.

Dopo poco, però, si riprese. Si era detto che quello non era il primo intoppo in cui si era imbattuto, che anche questa volta avrebbe trovato la soluzione. Tuttavia più ci pensava e meno ne veniva a capo.

Il paradiso terrestre era disabitato. Dalla cacciata di Adamo ed Eva nessun essere umano aveva più avuto il privilegio di vivere nel giardino della perfezione. I beati soggiornavano in Cielo: la sua Beatrice sarebbe scesa dall'alto. E allora, quale personaggio avrebbe potuto immergerlo nel Lete? Venuto da dove?

Gli sarebbe piaciuto uscire, passeggiare sui prati, distrarre la mente. Lo faceva spesso, quando si incagliava, in attesa dell'illuminazione che rimettesse le cose a posto. Ma fuori pioveva, i campi erano avvolti dalla nebbia...

Si distese sul lettino: voleva dormire un poco, pensare ad altro. Non si addormentò, ma semintorpidito cominciò a recitare mentalmente dei versi. Erano di Guido. Da giorni gli riaffioravano alla memoria senza che lui li cercasse:

> *Fresca rosa novella,*
> *piacente primavera,*
> *per prata e per rivera*
> *gaiamente cantando.*

Primavera, Giovanna... Vanna e Bice...

> *io vidi monna Vanna e monna Bice*
> *venire inver' lo loco là ov'io era,*
> *l'una apresso dell'altra meraviglia.*

Erano versi suoi, questi: Giovanna che precede Beatrice...

Si era alzato dal letto con la sensazione che la luce stesse per accendersi.

Ripensò alla scena del battesimo.

Perché mai il suo Battista avrebbe dovuto essere un uomo? Un punto gli appariva assodato: quel personaggio, chiunque fosse, non avrebbe potuto limitarsi a immergerlo nel fiume, ma lo avrebbe accompagnato a Beatrice. Mediatore tra lui e la beata. Un vero Battista, dunque, una guida al Messia. E allora, a condurlo ai piedi della santa non sarebbe stata più adatta una donna?

L'idea gli piaceva. La strada era quella.

Gli piacque al punto da decidere di derogare alla regola a cui mai era venuto meno, e cioè di non raffigurare personaggi di pura immaginazione, privi di un retroterra storico o letterario. Questa volta avrebbe messo in scena una giovane donna totalmente immaginata. L'avrebbe chiamata Matelda, *ad letam*, colei che conduce alla beata. Beatrice avrebbe avuto una ancella.

Bice aveva le amiche. E per lui cos'altro erano le amiche di Bice se non esseri trasfigurati dalla luce che la sua amata rifletteva su di loro? Oscuramente percepiva che in quella invenzione di un Battista di sesso femminile i fantasmi della gioventù poetica venivano ad abitare i versi gloriosi del poema sacro.

*

Aveva ripreso a scrivere con entusiasmo.

Era sulla sponda del fiumicello e osservava gli alberi in fiore sull'altra riva,

> *e là m'apparve, sì com' elli appare*
> *subitamente cosa che disvia*
> *per meraviglia tutto altro pensare,*
> *una donna soletta che si gìa*
> *e cantando e scegliendo fior da fiore.*

Una donna soletta si aggirava cantando. L'invenzione gli piaceva sempre di più. Soddisfatto rilesse i versi appena scritti. Sì, funzionavano. Li rilesse ancora. Gli era sembrato di cogliervi qualcosa di familiare; gli sembrò quasi di avere già scritto qualcosa di simile. Poi, improvvisa, l'illuminazione. La sua Matelda era una donna di Guido! «Che sola sola per lo bosco gìa», e cantava pure. Nella foga della scrittura non si era reso conto di stare riecheggiando versi dell'amico.

La luce abbagliante di quell'illuminazione gli squadernò davanti un pezzo della sua vita. Era il pezzo più bello, più pieno, più felice da lui vissuto.

Il suo Giovanni era Giovanna, la donna che passeggia tra i fiori era lei, Primavera.

Stava quasi per piangere, di felicità, di gratitudine. Quello era un segno, il segno più gratificante, più intimo che Dio mai gli avesse inviato.

Voleva che anche i suoi lettori capissero, che riconoscessero in quella donna di paradiso i tratti dell'amata di Guido. Questi aveva scritto che «cantava come fosse 'namorata», ebbene anche la sua donna di paradiso avrebbe modulato i salmi «cantando come donna innamorata».

Giovanna lo avrebbe condotto ancora una volta a Beatrice. A passo di danza, tenendosi sulle punte, con rapidi e brevi movimenti. Proprio come quel tramonto sulla piazza di Santa Trinita, quando Bice ballava insieme a lei e lui era rimasto imbambolato a fissarne i piedini, avvolti nelle calze nere, che battevano ritmicamente il selciato.

Adesso i versi fluivano sciolti. La mano segreta li guidava...

Lui si sentiva pervaso di amore. Una piena trabocchevole di affetti che premeva per uscire e prendere la forma di poesia. Aveva la sensazione che il suo viaggio nell'aldilà a mano a mano che saliva verso il paradiso, nello stesso tempo, come se fosse ovvio, naturale, come fosse lo stesso viaggio, retrocedesse verso Firenze, verso la sua giovinezza. E tutto ciò che aveva vissuto, patito, amato, si ricomponeva in un ordine superiore nel quale amore, amicizia, fede, lealtà formavano il solido blocco che sorreggeva la sua vita di eletto.

Sì, il pensiero era affiorato, ma era durato poco.

Sto forse affermando, si era chiesto, che Guido è stato il mio Battista? Non offendo la sua memoria?

Certo, si era risposto, affermo ciò, ma Guido non si offenderà. Guido è in paradiso. Da lassù vede la verità e ne gioisce. E la verità è che lui è stato il mio Battista.

È l'ordine delle cose.

Dante Alighieri morirà a Ravenna il 13 settembre 1321, dopo aver portato a termine la Commedia.

Franceschino sarà l'ultimo degli Alighieri a risiedere a Firenze prima di trasferirsi a Bagno a Ripoli. Sarà lui a sottoscrivere, anche a nome dei nipoti Pietro e Iacopo, l'atto di pace fra gli Alighieri e i Sacchetti, nell'ottobre 1342.

Di Tana non si hanno più notizie dopo il 1320.

Gemma Donati rientrerà in città, dove si spegnerà nel 1341.

Pietro, che stenderà un commento al poema del padre, abiterà prevalentemente a Verona. Morirà nel febbraio 1364.

Iacopo, lui pure studioso della Commedia, morirà prima del 1349, forse nella grande peste del '48.

Antonia, dopo la morte del padre, si ritirerà in un convento di Ravenna con il nome di suor Beatrice.

Indice

Dramatis Personae   9

Parte prima. Bice   13

Parte seconda. Guido   111

MARCO SANTAGATA
IL MAESTRO DEI SANTI PALLIDI

Il piccolo Cinìn è un guardiano di mucche che vive in un borgo dell'Appennino modenese: nessuno sa da dove venga e anche il suo nome è nato per caso. Eppure proprio a causa di quell'insolito nome e del suo irrefrenabile desiderio di andare a vedere le «angiole» dipinte sul muro di una chiesetta, la vita di Cinìn prenderà una direzione del tutto inaspettata. Una serie di vicende mosse dal Caso lo porterà a dedicarsi alla pittura, a scoprire la prospettiva e infine a diventare il Maestro dei santi pallidi. Intrighi di potere, dame languide, preti divisi fra ascetismo e amore del mondo sullo sfondo dell'Italia del Quattrocento, in un libro giocoso, fiabesco e amaro.

le fenici

MARCO SANTAGATA
VOGLIO UNA VITA COME LA MIA

C'è stato un quinquennio nel secolo passato, quello tra il 1946 e il 1950, che ha regalato ai nati in quegli anni un'esistenza particolarmente felice: hanno potuto conoscere due infanzie e due giovinezze, la prima in un'Italia pre e paleoindustriale e la seconda, fatta di entusiasmi e di esperienze del tutto originali, nel periodo eroico del Sessantotto. Il protagonista del libro ha avuto la fortuna di nascere in un momento speciale, ma ora, da adulto, mentre la vita scorre, si interroga su cosa è rimasto di quei giorni, su cosa è stato veramente costruito per il futuro... Un sessantennio di storia italiana: l'autobiografia di una nazione diventa romanzo.

le fenici

GUANDA

MARCO SANTAGATA
L'AMORE IN SÉ

«Bubi è il nome del desiderio.» È questa la frase che una mattina d'inverno risuona – incongrua, sconveniente, quasi surreale – in un'aula dell'università di Ginevra, mentre il professor Fabio Cantoni spiega un sonetto di Petrarca a un gruppo di studenti. Ma è stato solo un lapsus: il professor Cantoni voleva dire «Laura», naturalmente. Eppure il fatto che proprio quel nome e proprio in quel momento sia affiorato dalla memoria deve avere un senso... Alla fine di questa giornata diversa da tutte le altre il professor Cantoni scoprirà che è proprio l'aver accettato la nostalgia e il dolore che compongono la memoria a permettergli di stabilire un rapporto più limpido e, forse, pacificato con la sua vita presente, e la futura.

le fenici

Fotocomposizione:
Nuovo Gruppo Grafico S.r.l. - Milano

Finito di stampare
nel mese di luglio 2015
per conto della Ugo Guanda S.r.l.
dalla Grafica Veneta S.p.A.
di Trebaseleghe (PD)
Printed in Italy